Au service d'un cheikh

SHARON KENDRICK

Au service d'un cheikh

Traduction française de
ÉLISABETH MARZIN

Azur

HARLEQUIN

Collection : Azur

Titre original :
CROWNED FOR THE SHEIKH'S BABY

HARPERCOLLINS FRANCE
83-85, boulevard Vincent-Auriol, 75646 PARIS CEDEX 13
Service Lectrices — Tél. : 01 45 82 47 47

www.harlequin.fr

ISBN 978-2-2804-1366-4 — ISSN 0993-4448

Prologue

Nous espérons vous donner toute satisfaction.

Kulal eut une moue désabusée. Quand arrivait-il qu'on obtienne toute satisfaction dans la vie ? Il froissa le mot manuscrit — une des nombreuses touches personnelles qui faisaient de ce palace sarde une référence en matière de luxe —, le lança dans la corbeille et sortit sur le balcon. Il balaya la vue du regard. Pourquoi n'éprouvait-il aucune joie ? Pourquoi la chaleur du soleil le laissait-elle froid ? Il venait d'atteindre un objectif majeur en réunissant les plus grands magnats du pétrole. On lui avait dit et répété qu'il ne parviendrait jamais à concilier leurs emplois du temps. Que c'était tout simplement impossible. Il avait prouvé le contraire. Il aimait prouver aux gens qu'ils avaient tort. Tout comme il aimait dépasser les espérances fondées sur lui depuis le jour où son frère jumeau, son aîné de quelques minutes, avait renoncé à son héritage, lui laissant le pouvoir.

Il avait travaillé jour et nuit pour organiser ce forum. Puis il avait réussi à convaincre les participants qu'il était temps de s'intéresser aux énergies renouvelables, plutôt que de continuer à dépendre des énergies fossiles. Les rois et les cheikhs l'avaient approuvé et des engagements avaient été pris. Les applaudissements qui avaient suivi son discours inaugural avaient résonné longuement dans la nuit. Il ne lui restait que quelques jours de travail pour finaliser l'accord, et il avait la chance de pouvoir le faire dans un endroit que beaucoup considéraient comme paradisiaque. Pourtant, il se sentait étrangement insatisfait.

Dans la douceur de la brise sarde, Kulal poussa un profond soupir. Non, il n'était pas grisé par la victoire comme il devrait l'être. Pourquoi ? Il ne parvenait pas à se l'expliquer. À trente-quatre ans, il était dans la plénitude de ses capacités physiques et intellectuelles. Il avait la réputation d'être un gouvernant autoritaire mais équitable, et il était à la tête d'un pays prospère. Bien sûr, il avait quelques ennemis à la cour. Des hommes qui auraient préféré que ce soit son frère jumeau qui devienne roi parce qu'ils le considéraient comme plus malléable. Mais tous les gouvernants avaient leurs détracteurs. Ça faisait partie des risques du métier… Rien de nouveau là-dedans. Alors pourquoi ne jubilait-il pas ? Il contempla l'horizon sans le voir. Peut-être parce qu'il avait tellement travaillé qu'il en avait négligé sa libido, mise sur la touche depuis qu'il avait rompu quelques mois plus tôt avec sa dernière maîtresse. Une top model qui n'avait rien trouvé de mieux à faire que d'accorder une interview larmoyante à un de ces magazines de luxe qui remplissent le cerveau des femmes de futilités. Résultat, son nom était de nouveau en tête de liste des plus beaux partis de la planète. Plutôt ironique, étant donné qu'il avait toujours fui le mariage comme la peste, quelle que soit la détermination des candidates.

Kulal bâilla. Sa dernière relation avait duré presque un an. Un record pour lui. S'il avait choisi cette femme, ce n'était pas seulement pour sa blondeur, ses jambes interminables et la virtuosité avec laquelle elle jouait de sa langue, mais aussi parce qu'elle semblait prête à accepter les limites qu'il fixait à ses maîtresses. Malheureusement, elle avait quand même fini par avoir des attentes déraisonnables. Il avait pourtant précisé dès le départ qu'il ne l'épouserait pas. Qu'il n'avait aucune envie de fonder une famille ni de s'engager à long terme. Il lui avait promis du sexe, des diamants et un appartement luxueux. Il avait tenu toutes ces promesses, mais cela n'avait pas suffi. Les femmes en voulaient toujours plus. Quand elles mettaient le grappin sur un homme, c'était pour le saigner à blanc. Des souvenirs amers l'assaillirent, mais il les chassa aussitôt de son esprit. S'accoudant à la balustrade, il regarda les bateaux qui dansaient sur la Méditerranée. Quelle différence avec le calme de la mer de Murja, qui baignait la côte orientale de son pays natal ! Mais il était vrai qu'ici tout était différent. Le paysage. Les odeurs. Les bruits. Les femmes allongées en contrebas dans leurs minuscules deux-pièces. Un de ses assistants lui avait dit que les transats situés sous les fenêtres de sa suite étaient toujours les premiers à être loués — sans doute par des ambitieuses déterminées à attirer l'attention du roi du Zahristan. Kulal eut une moue dédaigneuse. S'imaginaient-elles, comme tant d'autres, dans le rôle de reine ? Pensaient-elles avoir des chances de réussir là où tant d'autres avaient échoué ? Il jeta un coup d'œil aux corps presque nus qui luisaient au soleil et n'éprouva pas le moindre frisson d'excitation. Ces femmes ressemblaient à des morceaux de poulets nappés d'huile, prêts à passer au barbecue…

Soudain il la vit.

Il sentit son pouls s'accélérer et il se redressa, la suivant des yeux tandis qu'elle traversait le patio à pas précipités, la mine anxieuse. Était-ce parce qu'elle était plus habillée que toutes les autres femmes ? En fait, elle portait l'uniforme de l'hôtel, une robe jaune toute simple qui mettait en évidence ses courbes généreuses. Avec cette queue-de-cheval qui se balançait dans son dos, elle donnait une impression de fraîcheur. Par contraste avec toute la chair exposée à proximité, cette brune avait un air incroyablement sain. Les femmes de ce genre étaient si rares dans son monde… Mais elle travaillait à l'hôtel. Or coucher avec le personnel n'était jamais une bonne idée. Kulal poussa un petit soupir. Dommage.

1.

— Hannah, ne soyez pas aussi nerveuse. Je veux juste vous parler du cheikh.

Hannah s'efforça de sourire à Mme Martin. Il fallait avoir l'air enthousiaste. Parce que cet emploi était la chance de sa vie. Des occasions comme celle-ci ne se présentaient pas souvent. Toutes les autres femmes de chambre du Granchester de Londres n'étaient-elles pas devenues vertes de jalousie quand elle avait été choisie pour une mission dans l'établissement sarde du groupe hôtelier ? Nul doute qu'elles auraient été encore plus jalouses si elles avaient su que le cheikh Kulal al-Diya y séjournait. Sur cette île méditerranéenne, tout le monde semblait considérer ce roi du désert comme un symbole sexuel ambulant. Pas elle.

Non, certainement pas elle. Elle ne l'avait vu qu'une ou deux fois, mais à chaque fois il l'avait terrifiée avec son air hautain et cette façon qu'il avait de plisser les yeux. Des yeux noirs comme de l'encre qui lui faisaient un effet très étrange… Lors de leur première rencontre n'avait-elle pas eu l'impression que ses seins se gonflaient subitement et que leurs pointes allaient transpercer son soutien-gorge ? Et n'avait-elle pas été submergée par un trouble inconnu quand son regard pénétrant s'était promené sur elle ? Elle avait eu le sentiment inhabituel et très désagréable de perdre le contrôle d'elle-même. Les mains moites, elle s'essuya les paumes sur son uniforme citron. Une mauvaise idée, puisque ce geste attira l'attention de Mme Martin sur ses hanches.

— Votre uniforme est un peu juste, non ?

— C'était le seul qui m'allait, madame Martin, répondit Hannah avec une moue contrite.

L'élégante Française, qui était responsable de tout le personnel d'étage de L'Idylle, arqua ses sourcils parfaitement épilés avant de pousser un soupir résigné.

— C'est vrai. Vous, les Anglaises, vous êtes… plantureuses.

Hannah continua de sourire stoïquement. Qui était-elle pour contredire Mme Martin ? Impossible de prétendre qu'elle était mince. Elle avait un solide appétit et elle n'en éprouvait aucun remords. Comme bien d'autres choses, l'heure des repas était incertaine quand elle était enfant. Or la faim était une sensation qu'on n'oubliait jamais. Elle n'était pas du genre à picorer, contrairement à sa sœur qui semblait considérer que manger était une perte de temps. Mais ce n'était pas le moment de s'inquiéter au sujet de sa sœur ni de s'appesantir sur leur enfance mouvementée. N'était-ce pas l'une des raisons pour lesquelles elle avait sauté sur cette offre d'emploi, bien que n'étant jamais sortie d'Angleterre auparavant ? Elle avait décidé de changer de vie. Et ça commençait par cesser de s'inquiéter pour sa petite sœur. Parce que Tamsyn n'était plus une gamine. Elle n'avait que deux ans de moins qu'elle et elle était parfaitement capable de se débrouiller toute seule… À condition qu'elle arrête de voler à son secours dès qu'elle s'attirait des ennuis.

Pense à toi, pour une fois. Et concentre-toi sur la prime extravagante qu'on t'a offerte pour quelques mois de travail dans ce paradis sarde.

— De quoi vouliez-vous me parler exactement, madame Martin ?

La Française sourit.

— Vous êtes une employée modèle, Hannah. C'est pour cette raison que vous avez été envoyée ici par notre établissement de Londres. Je vous ai observée et j'approuve entièrement ce choix.

— Merci, madame.

— Vous êtes silencieuse et discrète. Vous passez complètement inaperçue.

— Merci, répéta Hannah avec plus de circonspection.

Devait-elle prendre ça comme un compliment ?

— Voilà pourquoi la direction a décidé de vous confier des responsabilités supplémentaires.

Hannah sourit. Les responsabilités, c'était son point fort.

— Que savez-vous du cheikh Kulal al-Diya ?

Hannah s'efforça d'ignorer le frisson inopportun qui courut le long de son épine dorsale.

— Il dirige le Zahristan, un des plus grands pays producteurs de pétrole au monde, mais c'est un ardent défenseur des énergies renouvelables.

— En effet. C'est lui qui a organisé ce forum international, qui a réuni de nombreux chefs d'État dans notre hôtel et a mis sous les projecteurs notre nouveau centre de conférences. Par ailleurs, vous avez peut-être remarqué que beaucoup de gens recherchent la compagnie du cheikh, parce que c'est un homme très influent.

Mme Martin fit une pause et Hannah en déduisit qu'elle était censée la remplir.

— C'est exactement la même chose au Granchester de Londres. Plus un client est influent, plus nombreux sont les gens qui cherchent à faire sa connaissance.

— Surtout s'il se trouve qu'il est célibataire de fraîche date et très séduisant. Mais Son Altesse souhaite plutôt avoir la paix. C'est pourquoi il choisit souvent de voyager en petit comité. Malheureusement, cela le rend d'autant plus accessible. Figurez-vous qu'hier soir une célèbre héritière a réussi à soudoyer un membre de l'équipe de sécurité et à aller jusqu'à sa table.

— Cela a-t-il créé un incident, madame ?

— Malheureusement, oui. Or à L'Idylle nous ne tolérons pas les « incidents ». C'est pourquoi le cheikh

Al-Diya a décidé de ne plus quitter le refuge de sa suite, d'où il travaillera pendant le reste de son séjour.

Mme Martin fit une pause avant d'ajouter :

— Et vous êtes affectée à son service exclusif.

Hannah plissa le front avec perplexité.

— Comme femme de chambre ?

— Oui, mais vous lui servirez également ses repas et vous veillerez à ce qu'il y ait toujours des boissons et de quoi grignoter pour ses visiteurs dans le réfrigérateur. Vous devrez également changer l'eau des fleurs. Ranger derrière lui, et vous assurer qu'aucune personne non autorisée n'accède à sa suite. Les contrôles sont très stricts, mais la sécurité totale n'existe pas. Après tout, même dans votre Buckingham Palace des intrus ont réussi à déjouer la vigilance des gardes, n'est-ce pas ? Pensez-vous être capable de faire ce que j'attends de vous, Hannah ?

Sa première impulsion fut de répondre non. De protester en rappelant qu'elle était femme de chambre et rien d'autre. Quelqu'un qui faisait le ménage et qui en apprenait sans doute davantage sur les clients que ceux-ci n'en avaient conscience. Elle n'avait pas l'assurance nécessaire pour servir un roi du désert. Ce n'était pas son métier.

— N'y a-t-il pas quelqu'un d'autre qui aimerait le faire, madame Martin ? Quelqu'un qui aurait un peu plus d'expérience dans ce domaine ?

— Si, en effet.

Mme Martin eut une moue réprobatrice.

— Je suis sûre que je pourrais avoir une file de candidates assez longue pour atteindre Cagliari. Mais aucune des autres employées de l'hôtel n'a vos qualités, Hannah. Vous êtes une jeune femme qui a la tête sur les épaules. Vous n'allez pas la perdre à cause une paire d'yeux de jais et d'un corps d'athlète…

Mme Martin s'interrompit et redressa les épaules.

— Puis-je compter sur vous pour accepter cette

mission, ce qui me permettrait de transmettre un rapport très favorable à vos supérieurs à Londres ?

Hannah déglutit péniblement. Elle n'allait pas pouvoir refuser. Et ne faudrait-il pas être folle pour le faire ? Une promotion, même temporaire, c'était une chance d'obtenir l'augmentation qu'elle espérait. Une augmentation qui lui permettrait peut-être un jour d'acheter un petit logement à elle. D'avoir une chance de s'enraciner enfin.

— Acceptez-vous, Hannah ? insista Mme Martin d'une voix suave.

Hannah hocha la tête avec un sourire hésitant.

— C'est un honneur, madame Martin.

— Parfait. Venez, je vais vous montrer la suite de Son Altesse.

Hannah suivit la Française le long de couloirs clairs et spacieux ouverts sur l'extérieur, d'où on voyait le petit port naturel au bord duquel était bâti l'hôtel. Des bougainvillées violettes frémissaient sous la brise, et le ciel était d'un bleu éclatant. Chaque journée était aussi radieuse que les précédentes. Il n'avait pas plu une seule fois dans ce paradis depuis qu'elle s'y trouvait et, parfois, elle avait du mal à croire qu'elle ne rêvait pas. Qui aurait pu le prévoir ? L'humble Hannah Wilson en poste dans l'une des stations balnéaires les plus chics d'Europe. L'orpheline sans racines qui n'avait jamais rien connu d'autre que la précarité travaillait à présent dans un hôtel qui était un symbole de luxe absolu. Un palace qui accueillait régulièrement des princes et des hommes d'affaires, des héritières et des stars de Hollywood. Et aujourd'hui, un cheikh.

Un cheikh pour qui elle allait travailler en exclusivité !

— Vous devrez garder votre discrétion habituelle, déclara Mme Martin. À l'arrivée du cheikh dans sa suite, vous devez lui demander ce dont il a besoin et faire en sorte qu'il l'obtienne. Immédiatement.

— Et s'il n'a besoin de rien ?

— Vous vous éclipsez et vous attendez de nouvelles

instructions. On va vous installer dans une petite chambre réservée au personnel, dans le même couloir que la suite. Et une dernière chose…

Mme Martin baissa la voix avec un air de conspiratrice.

— Le cheikh est connu pour avoir, disons… un certain appétit.

— Il aime bien manger ?

— Non, ce n'est pas ça. Je veux dire qu'il peut lui arriver de recevoir des femmes. Si vous avez affaire à elles, vous devez les traiter comme des princesses. Ce qui est probablement ce qu'elles ambitionnent de devenir, conclut Mme Martin avec un petit rire complice. D'accord, Hannah ?

— Oui, madame.

Elles entrèrent dans l'ascenseur qui permettait d'accéder directement au dernier étage. Lorsque les portes se rouvrirent, quelques secondes plus tard, Hannah vit deux hommes de forte carrure postés de chaque côté d'une porte, impassibles. Elle cilla. Ces bosses sous leurs vestes… étaient-ce des pistolets ? Peut-être. Mais à quoi s'attendait-elle ? Elle aurait pu se douter que le cheikh était protégé par des gardes du corps du style Terminator… Prenant conscience de ce dans quoi elle s'était engagée, elle fut parcourue par un frisson d'appréhension.

— Venez, dit Mme Martin.

Après avoir frappé brièvement à la porte sans recevoir de réponse, elle entra. Hannah la suivit en retenant son souffle. Elle croyait s'être préparée à toute éventualité. Des danseuses légèrement vêtues, ou peut-être une partie de poker dans une salle enfumée. Mais le cheikh en personne… non, ça, elle ne s'y était pas préparée du tout. La gorge sèche, elle écarquilla les yeux malgré elle. Après le petit discours préparatoire auquel elle venait d'avoir droit, elle était presque surprise de ne pas le voir allongé à moitié nu sur un des luxueux canapés en velours, entouré de jeunes femmes qui l'enduisaient d'huiles aromatiques. Ou bien vêtu d'une tenue traditionnelle luxueuse — une *dishdasha* dorée, peut-être — qui froufrouterait à chacun de ses mouvements.

En réalité, il était assis à un bureau donnant sur une des multiples piscines de l'hôtel. Et il était vêtu d'un pantalon noir et d'une chemise bleu pâle au col ouvert et aux manches retroussées, qui découvrait ses avant-bras recouverts d'une toison noire. Hannah nota ces détails presque machinalement, comme dans un réflexe de défense. Comme si enregistrer les choses les plus banales le concernant pouvait la protéger de l'effet stupéfiant que son regard étincelant avait sur elle.

Parce qu'il n'y avait rien de banal dans son visage. C'était un visage reconnaissable entre un million. Un visage inoubliable avec ces pommettes saillantes, ce nez aquilin et ces cheveux d'ébène. Sa peau mate respirait la santé et son menton volontaire légèrement relevé dénotait une arrogance indéniable. Mais le plus frappant, c'était ses yeux. Elle les avait déjà vus de loin, mais de près ils étaient encore plus perturbants… Durs, perçants et plus noirs que noirs. Et ils étaient fixés sur elle. Hannah épousseta nerveusement de la poussière imaginaire sur sa robe un peu trop juste, avant de se rappeller qu'elle n'était pas censée attirer l'attention sur ses hanches.

— Je suis navrée de vous déranger, Votre Altesse, déclara Mme Martin d'un air contrit. Mais n'ayant pas reçu de réponse après avoir frappé, j'ai cru qu'il n'y avait personne.

— Je ,n'ai pas entendu, sinon je vous aurais renvoyées, répliqua le cheikh en indiquant d'un geste impatient la pile de documents empilés devant lui. Comme vous le voyez, je suis occupé.

— Bien sûr, Votre Altesse. Préférez-vous que nous revenions plus tard ?

Kulal posa son stylo et étudia les deux femmes. La gouvernante française trop maigre, et la femme de chambre aux formes généreuses qu'il avait vue traverser précipitamment le patio d'un air anxieux quelques jours plus tôt. Il aurait *préféré* ne pas avoir été dérangé parce qu'il en était à un stade très délicat de la négociation. Mais l'importance capitale des enjeux économiques de l'énergie solaire s'estompa lorsque la brune à la queue-de-cheval commença à lisser son uniforme. Était-ce un geste inconscient ou délibéré ? En tout cas, si elle avait voulu attirer son attention sur la courbe de ses hanches c'était réussi. Elle ne pouvait pas ignorer que son corps de déesse avait tout pour affoler sa libido. Kulal sentit sa virilité s'éveiller tandis qu'il s'imaginait en train de promener la langue sur ces seins magnifiques. Il maudit la loi de la nature qui voulait que les espèces se perpétuent. Ne faisait-elle pas des pantins de tous les humains ? N'était-ce pas à cause d'elle qu'il brûlait d'envie de renverser la femme de chambre sur le canapé le plus proche ? Et nul doute que c'était réciproque. Il n'avait jamais rencontré une seule femme qui ne soit pas prête à lui tomber dans les bras. Mais contre toute attente, au lieu de soutenir son regard d'un air provocant, la femme de chambre fixait le tapis persan sous ses pieds, les joues en feu. Inhabituel, songea-t-il en se calant dans son siège. Très inhabituel.

— À présent que vous avez réussi à interrompre le fil de mes pensées, vous feriez aussi bien de me dire pourquoi vous êtes ici, déclara-t-il d'un ton caustique.

— Je voulais montrer votre suite à Hannah, Votre Altesse.

Hannah. Kulal traça le contour de sa bouche du bout de l'index. Un nom banal, mais qui curieusement lui plaisait.

— Parce que ? demanda-t-il.

— Étant donné l'immense intérêt que votre présence suscite et suite à l'incident regrettable d'hier soir au restaurant, nous avons décidé qu'il serait préférable que vous ayez votre femme de chambre personnelle pendant toute la durée de votre séjour, répondit Mme Martin. C'est un de vos assistants qui nous a adressé cette requête, à laquelle nous avons répondu en affectant Hannah à votre service. À partir de maintenant, elle sera exclusivement sous vos ordres.

C'était un langage auquel Kulal était habitué. « Ordres », « exclusivité ». Des mots qui évoquaient le pouvoir, attribut indissociable du statut de cheikh. Mais appliqués à la femme de chambre pulpeuse qui se tenait devant lui, ces mots avaient soudain un parfum d'érotisme… Elle avait toujours la tête baissée, mais ses épaules étaient raides. À en juger par son langage corporel, elle n'était pas aussi honorée par sa promotion qu'elle devrait sans doute l'être. Et même si fraterniser avec le personnel n'était pas une bonne idée, il fallait reconnaître que cette réaction inattendue était étrangement excitante…

— Que vous inspire la perspective de travailler pour moi, Hannah ? demanda-t-il d'une voix suave.

Elle leva la tête et il découvrit avec surprise qu'elle avait les yeux d'un bleu saisissant. Un bleu proche de celui des aigues-marines que sa mère portait autour du cou. Des bijoux de prix achetés par son père pour tenter de compenser ses fréquentes absences. Comme si des cailloux pouvaient compenser quoi que ce soit. Mais sa mère était faible. Faible et manipulatrice. Prête à faire passer ses propres besoins avant ceux de ses enfants. Crispant la mâchoire, Kulal chassa ces souvenirs amers de son esprit et se concentra sur la réponse de la femme de chambre.

— Je serai heureuse de vous servir du mieux que je pourrai, Votre Altesse.

Elle parlait comme si elle répétait une leçon apprise, et peut-être était-ce le cas. Son ton était plus déférent que sincère. Vaguement amusé, Kulal esquissa un sourire, mais celui-ci disparut aussi vite qu'il était apparu. Hochant brièvement la tête, il prit son stylo et un des documents posés sur le bureau.

— Très bien. Veillez avant tout à ne pas me déranger. En aucun cas. Est-ce clair ?

— Oui, Votre Altesse, répliqua-t-elle toujours sur le même ton.

Il se surprit à être presque déçu quand elle fit une révérence maladroite avant de quitter la pièce comme si elle avait hâte de s'échapper.

2.

« Veillez avant tout à ne pas me déranger. » C'était la seule instruction que lui avait donnée le cheikh, mais comment réagirait-il s'il savait à quel point de son côté il la perturbait ?

Si seulement il ne la regardait pas de cette manière…

Ou bien était-ce un effet de son imagination ? Son regard de jais s'attardait-il sur elle plus longtemps que nécessaire ou prenait-elle ses désirs pour des réalités ? S'il y avait quelque chose qu'elle n'imaginait pas, c'était les sensations que ce regard déclenchait en elle. À chaque fois qu'il entrait dans la pièce, elle avait l'impression que tous ses sens se réveillaient. Mais comment pouvait-elle croire un seul instant que ce très sexy roi du désert pouvait la remarquer, elle, la très quelconque et très inexpérimentée Hannah Wilson ?

Hannah préparait le café du cheikh et son cœur battait à tout rompre. Après son agacement manifeste lors de leur première rencontre, elle s'attendait à ce qu'il soit difficile. Elle pensait qu'il allait se montrer arrogant et distant, comme il se devait pour un homme de son statut. Mais c'était étonnant comment le fait de côtoyer quelqu'un sur la durée pouvait le faire paraître plus humain. Même quelqu'un d'aussi imposant qu'un roi du désert.

Elle mit des morceaux de sucre supplémentaires dans une coupe en porcelaine, parce que le cheikh avait un faible pour le sucre. En fait, autant qu'elle pouvait en juger, sucrer abondamment son café était son seul péché mignon. Il ne buvait pas d'alcool et ne fumait pas non plus ces gros cigares sur lesquels certains riches clients tiraient avec ostentation sur la terrasse fumeurs. Il semblait même capable de rester sans manger pendant de longues périodes. Comme si pour lui jeûner était naturel. Ce qui expliquait peut-être la splendeur de son corps musclé, qu'elle avait vu une fois — sans le vouloir — un jour où il était sorti de la salle de bains à l'improviste.

Ce souvenir avait encore le pouvoir de lui couper le souffle aujourd'hui. Des gouttes d'eau brillaient tels des diamants sur sa pcau mate, et elle avait été comme hypnotisée par ses jambes interminables et ses hanches étroites sur lesquelles était nouée une serviette blanche. L'espace d'un instant elle était restée clouée sur place, prise au dépourvu par la chaleur intense qui l'avait envahie, faisant perler des gouttes de sueur à son front.

— Oh ! s'était-elle exclamée d'une voix faible en se cramponnant à son plumeau comme si c'était un radeau de sauvetage.

Et pourtant incapable de détacher les yeux de ce corps spectaculaire…

Il fallait reconnaître, à son crédit, qu'il avait semblé aussi surpris qu'elle.

— Qu'est-ce que vous faites là ? s'était-il exclamé, les yeux plus étincelants que jamais.

— Je travaille ici, Votre Altesse.

— Vous m'aviez dit que vous aviez fini pour aujourd'hui.

Persuadée qu'il ne l'avait pas écoutée, elle était restée un instant sans voix. Puis elle s'était empressée d'expliquer pourquoi elle était encore là.

— En effet. Mais j'ai remarqué une toile d'araignée au plafond, et comme je croyais que vous étiez déjà parti pour prendre l'hélicoptère…

— Vous avez décidé de détruire la maison de la pauvre araignée ? avait-il coupé d'un ton qui lui avait semblé malicieux. Quelle cruauté, Hannah.

Elle avait senti ses joues déjà brûlantes s'enflammer

encore davantage. Elle n'avait pas l'habitude d'être taquinée, surtout par un homme à moitié nu. Ça impliquait un niveau d'intimité beaucoup trop perturbant pour elle. C'était peut-être pour cette raison qu'elle avait dit la première stupidité qui lui passait par la tête, et sur un ton véhément qui avait paru le surprendre.

— Je ne me permettrais *jamais* de tuer une araignée. Elles ont le même droit d'être ici que nous.

Il y avait eu un bref silence.

— Dans ce cas, à l'avenir il faudra que j'évite de vous accuser à la légère, avait-il commenté.

Elle en rougissait encore… Disait-il ce genre de choses pour se payer sa tête ? Parfois, elle avait cette impression. Puis elle se raisonnait. Comment quelqu'un comme Kulal al-Diya pourrait-il avoir envie de taquiner une femme de chambre alors que, pas plus tard qu'hier après-midi, une star américaine de la chanson lui avait téléphoné ? C'était elle qui avait répondu et elle avait failli lâcher le combiné en entendant son nom. Quand elle avait informé le cheikh, il s'était enfermé dans sa chambre pour prendre la communication. Elle avait été assaillie par une bouffée de jalousie qui l'avait désarçonnée.

C'était à partir de cet instant qu'elle avait commencé à se demander quel effet cela ferait d'avoir un homme comme Kulal al-Diya pour amant. De se réveiller dans ces bras musclés sous le regard de ces yeux noirs. De sentir ces longs doigts se promener sur sa peau… Rien que d'y penser elle était parcourue de frissons délicieux.

Arrête, Hannah. Était-ce le film ringard qu'elle était allée voir pendant son jour de congé qui avait déclenché ce genre de fantasmes ridicules ? Ou bien était-ce le fait d'être assise dans le noir avec un carton de pop-corn pour seule compagnie, entourée de couples qui flirtaient allègrement ? Avec un petit soupir agacé, Hannah rectifia la position d'un coussin en soie brodée. Beaucoup de femmes rêveraient d'être à sa place, mais pour elle cette mission était en train de virer au cauchemar. Tout ça parce qu'elle manquait de professionnalisme au point de fantasmer sur un client jusqu'à l'obsession. Avait-elle choisi quelqu'un de totalement inaccessible parce que c'était sans danger ?

Ou bien était-ce sa conversation avec sa sœur l'autre soir qui lui avait fait ressentir encore plus cruellement qu'à l'ordinaire le vide de sa vie sentimentale ? Tamsyn, qui s'apprêtait à sortir, lui avait envoyé une photo d'elle : elle était superbe avec sa crinière rousse ruisselant dans le dos et ses grands yeux verts soulignés par des cils noirs spectaculaires. Hannah n'avait pas pu s'empêcher de se demander avec une pointe de ressentiment comment Tamsyn parvenait à ressembler à une star et à sortir le soir alors qu'elle n'avait pas d'emploi régulier et qu'elle était dans une situation financière désastreuse.

— Allez-vous vous décider à servir ce café, Hannah ? Ou bien allez-vous rester plantée là à marmonner entre vos dents toute la matinée ?

Hannah tressaillit et pivota sur elle-même. Le cheikh, qui venait d'entrer dans la pièce, la traversa d'une démarche féline et s'assit à son bureau. Au début elle avait été surprise par ses goûts en matière de vêtements. Elle n'imaginait pas qu'un cheikh pouvait porter des jeans… Surtout des jeans délavés aussi moulants. Elle crispa les doigts sur la tasse qu'elle avait dans la main en s'efforçant d'ignorer que les pointes de ses seins se hérissaient sous sa robe trop serrée. Avait-elle parlé tout haut ?

Était-il conscient qu'elle fantasmait sur lui ?

Bien sûr que non. Il avait peut-être une réputation de négociateur hors pair, mais il n'était pas perspicace à ce point !

— Tout de suite, Votre Altesse, répliqua-t-elle en lui portant la tasse.

Il était en train d'étudier une carte géographique, comme souvent. Un jour, il lui avait montré une chaîne de montagnes située au nord-est de son pays et il lui avait décrit les sommets enneigés d'une manière qui l'avait laissée rêveuse. Il lui avait parlé du mont Taljan, la montagne la plus haute et la plus belle du Zahristan, en mentionnant d'un ton désinvolte qu'il l'avait escaladée à dix-sept ans.

Il leva les yeux quand elle posa la tasse sur le bureau, et comme à chaque fois elle fut électrisée par l'intensité de son regard.

— Désirez-vous autre chose, Votre Altesse ? demanda-t-elle.

Kulal se cala dans son fauteuil pour mieux étudier sa femme de chambre. Si son regard s'attardait assez longtemps sur elle, ses joues allaient inévitablement prendre cette teinte rose vif qui l'enchantait. Et elle n'allait plus savoir où se mettre jusqu'à ce qu'il abrège son supplice en lui disant qu'il n'avait plus besoin d'elle. Un sourire étira ses lèvres. Il savait qu'elle était attirée par lui, ce qui n'était pas une surprise. Ce qui était surprenant en revanche, c'était son manque total d'efforts pour susciter son intérêt. Surtout étant donné qu'elle était sa femme de chambre attitrée. Dans son pays, la plupart de ses domestiques étaient des hommes. Et, en Occident, peu de femmes avaient l'occasion de l'approcher aussi librement, jour après jour.

Pourtant, il n'y avait eu aucun changement dans son apparence. Pas la moindre trace de rouge à lèvres, ni de mascara pour faire paraître encore plus grands ses splendides yeux aigue-marine. Pas non plus de parfum capiteux destiné à le griser. Cette absence d'artifices, alliée à une naïveté très rare dans le monde où il évoluait, n'était-elle pas rafraîchissante ?

Kulal mit un morceau de sucre dans sa tasse, puis un deuxième, avant de boire une gorgée de café.

— Excellent, murmura-t-il.

Le visage de Hannah s'éclaira.

— J’espère que tout ici vous donne entière satisfaction, Votre Altesse.

Il lui lança un regard noir.

— Pourquoi le personnel répète-t-il ça sans arrêt ?

Elle haussa les épaules d’un air embarrassé.

— C’est l’engagement de Granchester, Votre Altesse. La direction souhaite que nous mettions l’accent sur la devise du groupe.

— Eh bien, j’ai reçu le message cinq sur cinq, alors à l’avenir inutile de me le répéter, compris ?

— Oui, Votre Altesse.

Kulal but une autre gorgée de café. Il était réveillé depuis l’aube, occupé à peaufiner l’annonce qu’il comptait faire très prochainement. Une innovation spectaculaire en matière d’énergie solaire à coût réduit, qui allait inévitablement susciter l’envie de ses concurrents. Son séjour en Sardaigne touchait à sa fin. D’ici deux jours il repartirait au Zahristan, où l’attendaient toutes les affaires restées en suspens pendant son absence. Mais, avant, il y avait cette invitation à une soirée de l’autre côté de l’île. Une soirée dont il aurait pu aisément se passer si elle n’était pas organisée par un de ses plus vieux amis.

Il étouffa un bâillement. Non seulement il aurait bien besoin d’une bonne nuit de sommeil, mais il n’était pas d’humeur à sortir. Les soirées étaient sans surprise et assommantes. Toujours les mêmes conversations creuses et les mêmes apartés fourbes. Et plus on s’élevait dans l’échelle sociale, plus elles étaient sans surprise. Il poussa un soupir. Par ailleurs, étant donné sa récente rupture il fallait s’attendre à être l’objet de toutes les convoitises.

Nul doute que les candidates ne manqueraient pas. Son ami Salvatore estimait qu’une place vide dans le lit d’un homme devait être occupée le plus rapidement possible. Or Salvatore connaissait certaines des femmes les plus désirables du monde, avec des corps de rêve sculptés dans les salles de sport et des diamants offerts par papa pour leur dix-huitième anniversaire. Des femmes qui lui glisseraient des petits bouts de papier avec leur numéro de portable inscrit au-dessus d'une rangée de baisers.

Kulal bâilla ouvertement. Cette perspective le laissait complètement froid… Il reporta son attention sur la femme de chambre, qui était en train de tapoter des coussins pour leur redonner du gonflant. Lorsqu'elle se redressa, elle remarqua son regard sur elle et ses joues s'enflammèrent aussitôt. Il ne put s'empêcher de sourire. Depuis quand n'avait-il pas vu une femme *rougir* comme ça ?

— Vous ne parlez pas beaucoup, n'est-ce pas ? dit-il.

— Mon rôle est de vous servir, Votre Altesse, pas de faire la conversation.

— Vous êtes anglaise ?

Elle plissa les yeux d'un air soupçonneux.

— Oui, Votre Altesse.

— Qu'est-ce qui vous amène en Sardaigne ?

Elle hésita, comme si elle était surprise par sa question. Il réprima une moue de dérision. Elle n'avait pas tort. À vrai dire, il était surpris lui-même.

— D'habitude je travaille au Granchester de Londres. Qui est un des hôtels les plus lux…

— Oui. Inutile d'en rajouter, coupa-t-il d'un ton moqueur. Je connais bien la chaîne. Et aussi le propriétaire.

Elle écarquilla les yeux.

— Vous connaissez Zac Constantinides ?

— Oui. Je suis actuellement en affaires avec son cousin. Xan. Il était ici pour la conférence, plus tôt dans la semaine. Vous ne le saviez pas ? Non. Sans doute pas. Il aime rester discret. Et il a la chance de pouvoir se le permettre, ajouta-t-il avec une moue de dérision.

Hannah plissa le front. Xan Constantinides. Ce nom lui disait quelque chose. N'était-ce pas sa sœur qui lui en avait parlé ? Elle ne se souvenait plus…

— Continuez votre histoire, demanda le cheikh. Dites-moi comment vous vous êtes retrouvée ici.

Elle hésita. À vrai dire, elle n'avait pas conscience d'être en train de lui raconter une *histoire*. Et pourquoi s'intéressait-il à elle, tout à coup ? Envisageait-il de faire une réclamation ? De dire à Mme Martin qu'elle parlait toute seule et qu'elle époussetait des toiles d'araignée imaginaires ? Ou qu'elle traînait dans sa suite après avoir terminé sa journée, dans le seul but de le voir sortir presque nu de la salle de bains ? Elle réprima un sourire. Non. Personne ne croirait une chose pareille. En fait, elle soupçonnait que si elle avait été choisie pour cette mission c'était parce qu'elle n'était pas du tout du genre à lorgner le roi, malgré sa beauté insolente.

Mais il attendait visiblement sa réponse…

— Ils manquaient de personnel, ici. Je ne sais pas exactement pourquoi. Ils avaient besoin d'une femme de chambre et c'est moi qui ai été choisie.

— Parce que ?

Elle haussa les épaules.

— Sans doute parce qu'on me considère comme digne de confiance.

— Digne de confiance ? répéta-t-il en souriant.

— Oui.

— Ça ne semble pas vous réjouir particulièrement.

Qu'est-ce qui la poussa à admettre la vérité ? Elle ne le sut jamais.

— Non, en effet. D'autant plus que je suis également considérée comme sérieuse et raisonnable.

Elle pensa à ce que les gens disaient d'elle. « Cette bonne vieille Hannah », « Vous avez besoin de quelqu'un pour un remplacement la nuit de la Saint-Sylvestre ? Demandez à Hannah. Elle n'aura rien de mieux à faire ».

— Ce sont pourtant des qualités, commenta le cheikh.

— Certainement. Mais ce n'est pas exactement la réputation qu'a envie d'avoir quelqu'un de mon âge, n'est-ce pas ? Ce sont des traits de caractère qui conviennent mieux à une quinquagénaire.

*
* *

— Et quel âge avez-vous, Hannah ? demanda Kulal, se surprenant lui-même.

Quand avait-il déjà eu ce genre de conversation ? Jamais. Et le plus incroyable, c'était qu'il avait réellement envie de connaître la réponse…

— Vingt-cinq ans.

Vingt-cinq ans.

Il la croyait plus âgée. Ou plus jeune. En fait, il était difficile de lui donner un âge. Son uniforme peu seyant était hors mode et sa queue-de-cheval évoquait les films de rock and roll des années 1950 qu'un de ses précepteurs avait apportés subrepticement au palais avant d'être renvoyé pour son attitude libertaire. C'était seulement après son départ que Kulal avait pris conscience de l'efficacité avec laquelle ce précepteur les avait protégés, son frère jumeau et lui, de la réalité de la vie au palais. Du jour au lendemain, il n'y avait plus eu de filtre entre eux et leurs parents en conflit permanent. Le palais était subitement devenu un champ de bataille doré.

Était-ce pour cette raison qu'il éprouvait une telle bienveillance à l'égard de cette âme humble qui se tenait devant lui ? Était-ce pour cela qu'il était soudain curieux de voir à quoi elle ressemblait en tant que femme, et non plus en tant que domestique vieillie avant l'heure ? Elle avait parlé avec une certaine résignation, comme si jusque-là sa vie avait manqué totalement de fantaisie. Et il suffisait d'un coup d'œil pour constater que ses horribles chaussures noires étaient avachies, même si elle les avait soigneusement cirées.

Alors ne pourrait-il pas faire preuve d'un peu de générosité à son égard ? Pourquoi pas mettre un peu de glamour dans sa vie d'un coup de baguette magique ? En l'emmenant à la soirée de Salvatore, par exemple. Le fait d'être accompagné tiendrait les autres femmes à distance et découragerait toute tentative de séduction. Ce serait également l'alibi idéal pour ne pas s'attarder là-bas plus longtemps que nécessaire. Non qu'il ait la moindre intention de prolonger la soirée au lit avec la femme de chambre. Et pas seulement parce qu'elle faisait partie du personnel. Non, parce qu'il connaissait les femmes. Il était sur le point de quitter l'île et la dernière chose dont il avait besoin c'était une crise de larmes d'une femme tombée « amoureuse » après avoir couché une fois avec lui. Il avait juste envie de se montrer bienveillant… tout en passant une soirée plus agréable que s'il arrivait chez Salvatore non accompagné.

— Vous êtes libre demain soir ? demanda-t-il.

— Vous voulez savoir si je suis de service ? Non, pas officiellement. Mais si vous avez besoin de moi, les heures supplémentaires seront les bienvenues, Votre Altesse. Je l'inscrirai sur ma feuille de présence et je soumettrai celle-ci à Mme Martin.

Kulal réprima un mouvement d'irritation. Tout ce qui l'intéressait, c'était la possibilité de faire des heures supplémentaires ? Ne se rendait-elle pas compte du grand honneur qu'il était sur le point de lui faire ?

— J'aimerais que vous m'accompagniez à une soirée.

— Vous voulez dire, pour travailler ? demanda-t-elle d'un ton circonspect.

— Non, répliqua-t-il avec un geste impatient de la main. Vous serez mon invitée.

Elle tressaillit.

— Votre invitée ?

— Oui.

— Moi ? s'exclama-t-elle d'une voix étranglée.

— Pourquoi pas ? Vous me faites l'impression de quelqu'un qui ne va pas souvent dans des soirées et il me semble que toutes les femmes aiment sortir et avoir l'occasion de se mettre sur leur trente et un. Ne serait-ce pas amusant de faire quelque chose d'inhabituel pour une fois ?

— Vous m'invitez à une soirée parce que vous avez pitié de moi ?

— En partie, oui, acquiesça-t-il, assez surpris par la spontanéité de cette question pour y répondre avec franchise. Mais en plus votre présence à mon côté me rendra service.

Elle plissa le front.

— Je ne comprends pas.

— Elle découragera les autres femmes. Je ne suis pas d'humeur à jouer les proies. En fait, je trouve ça terriblement ennuyeux.

Écarlate, elle se balança d'un pied sur l'autre.

— C'est très aimable à vous de me proposer ça, Votre Altesse, mais je crains de ne pas pouvoir accepter.

Il la considéra avec perplexité. Il n'avait pas l'habitude d'essuyer des refus et il n'avait pas l'intention de tolérer celui-ci.

— Pourquoi ?

— Parce qu'il est interdit aux membres du personnel de nouer des relations avec les clients. Enfreindre cette règle entraîne le renvoi immédiat.

— Seulement si ça se sait.

— Tout le monde le saura !

— Comment ? C'est une soirée privée, et elle a lieu de l'autre côté de l'île. Je doute que d'autres clients de l'hôtel soient invités, et même si c'est le cas ils ne vous reconnaîtront pas.

— Pourquoi ? demanda-t-elle d'un air soupçonneux.

— Parce que vous ne serez pas en uniforme.

Elle le regarda d'un air interloqué.

— N'aimeriez-vous pas mettre une tenue seyante, pour changer ? Vous habiller comme une princesse, même si c'est seulement pour un soir ?

— Je n'ai absolument rien qui puisse faire penser à une princesse dans ma garde-robe.

— Laissez-moi y remédier.

De nouveau, elle lui lança un regard plein de suspicion.

— Comment ?

— En décrochant le téléphone pour demander à un de mes assistants de vous trouver quelqu'un qui travaille dans ce domaine. Quelqu'un de discret, capable de vous transformer à tel point que vous-même vous ne vous reconnaîtrez pas.

— Comme Cendrillon ?

Il sourit. Son précepteur lui avait parlé de la fascination des Anglais pour les contes de fées et de leur besoin de les transposer dans la réalité.

— Si vous voulez.

Elle releva le menton, et pour la première fois il vit une étincelle jaillir de ses yeux aigue-marine.

— Est-ce que ça signifie que mes vêtements redeviendront des haillons à minuit ?

— Vous pourrez garder la robe, si c'est votre objectif.

— Pas du tout ! s'exclama-t-elle en secouant la tête. Écoutez, cette invitation est très aimable de votre part, mais c'est... c'est une idée extravagante et je ne peux pas accepter. C'est trop risqué.

— N'avez-vous jamais pris de risques, Hannah ? N'avez-vous jamais fait quelque chose que vous n'auriez pas dû faire ?

Ce fut le ton provocateur du cheikh, teinté d'une pointe de mépris, qui la fit réfléchir. Bien sûr qu'elle n'avait jamais rien fait de dangereux. Parce que, pour avoir une chance de survivre, elle avait été obligée, ainsi que sa sœur, de rester dans le droit chemin. Et cette attitude était devenue une seconde nature. Elle avait obtenu le premier emploi auquel elle avait postulé, et elle avait adopté un profil bas. Prudente, elle avait fait des économies tout en consacrant ses loisirs à compenser son manque d'instruction en se cultivant.

En guise d'exercice physique elle faisait de grandes randonnées dans la campagne anglaise, ce qui avait l'avantage d'être à la fois agréable et gratuit. Mais elle n'avait jamais obéi à une impulsion et elle n'était jamais sortie de sa zone de confort. Peut-être que ça commençait à se voir. Serait-elle en train de vieillir prématurément ? Était-ce pour cette raison qu'elle était considérée comme une non-tentation pour ce roi du désert si sexy ?

La mal fagotée Hannah Wilson qui, dans son miroir, découvrirait un jour la quinquagénaire solitaire qu'elle avait bridée dans ses élans pendant toutes ces années.

Elle croisa le regard du cheikh et s'efforça d'ignorer l'excitation qui commençait à bouillonner en elle. Elle essaya de l'étouffer en faisant, suivant son habitude, appel à sa raison. Mais la tentation était si forte, tout à coup… Elle s'humecta les lèvres.

Pouvait-elle le faire ?

Devait-elle le faire ?

Elle regarda le cheikh et son cœur bondit dangereusement dans sa poitrine. Avec ses yeux de jais et son sourire un peu narquois, c'était l'homme le plus superbe qu'elle ait jamais vu. Il n'y avait aucune chance que quelqu'un d'autre aussi séduisant lui fasse un jour une proposition de ce genre. Alors quelle importance s'il ne l'invitait que pour tenir à distance les autres femmes ou s'il insistait pour qu'elle subisse un changement de look pour éviter de lui faire honte ? Ne serait-ce pas quelque chose à raconter à ses petits-enfants, si elle trouvait un jour un homme qu'elle aurait envie d'épouser et vice versa ? Quelque chose à dire à Tamsyn d'un ton désinvolte la prochaine fois que celle-ci lui ferait des réflexions sur sa vie terriblement ennuyeuse ?

— D'accord, j'accepte, dit-elle.

Puis, comme il semblait attendre autre chose, elle ajouta précipitamment :

— Merci. Merci beaucoup, Votre Altesse.

— Ce n'est rien, répliqua-t-il d'une voix traînante. Mais pour être convaincante dans votre rôle il faudra me tutoyer et éviter de me donner mon titre. Surtout sur ce ton déférent. Appelle-moi Kulal. Essaie de me parler comme si j'étais un petit ami normal.

Elle sentit ses joues s'enflammer. Que dirait-il en apprenant qu'elle n'avait en fait jamais eu de petit ami, normal ou pas… ;?

— Je vais essayer.

— Vas-y. Appelle-moi par mon prénom.

Après une hésitation, elle murmura :

— Kulal…

Quelle impression bizarre… Plus que bizarre. Prononcer ce nom semblait… sexy.

— Très bien, approuva-t-il en souriant. Ce n'était pas trop difficile, n'est-ce pas ?

Il lui adressa un regard complice qui fit battre son cœur. Un lien venait de se nouer entre eux. Un secret qui les séparait du reste du monde. N'était-ce pas ce qu'on appelait la « collusion » ?

Elle prit pleinement conscience de ce qu'elle s'apprêtait à faire.

— Personne ne doit…

Déglutissant péniblement, elle leva les yeux vers Kulal. Il arqua les sourcils.

— Personne ne doit quoi ?

— Personne ne doit le savoir. Sinon je perdrai mon travail.

3.

Fait très rare, Kulal resta sans voix.

La petite femme de chambre… était métamorphosée !

Il l'étudia pendant un long moment, avec une pointe d'appréhension. Lui aurait-il offert aussi volontiers les services d'une conseillère en style s'il s'était douté que le résultat serait aussi… époustouflant ? Que le corsage moulant de sa robe longue mettrait à ce point en valeur la somptuosité de ses seins, jusque-là atténuée par l'uniforme ?

Il déglutit péniblement tandis qu'elle avançait vers lui. La soie aérienne soulignait le galbe de ses jambes à chacun de ses pas et laissait entrevoir le bout de ses pieds, nus dans des sandales scintillantes. La queue-de-cheval fonctionnelle n'était plus qu'un souvenir, et son épaisse chevelure acajou ruisselait en boucles souples sur ses épaules. Il secoua la tête, irrité contre lui-même. Comment avait-il pu décider de jouer les pygmalions sans réfléchir une seule seconde aux conséquences ? Toute la soirée, il allait devoir résister au pouvoir de séduction redoutable de cette créature hyper sensuelle. S'était-il vraiment imaginé qu'il n'aurait aucun problème à rester froid devant le résultat de ce changement de look ? Oui, il se l'était vraiment imaginé… Il marmonna un juron dans sa langue maternelle, et l'inquiétude se peignit aussitôt sur le visage de Hannah.

— Ça ne vous… Ça ne te plaît pas ?

Il préféra éluder la question en la lui retournant.

— Et à toi ?

Elle haussa les épaules, mouvement qui attira l'attention sur ses seins. Comme s'il avait besoin d'encouragement !

— Je ne suis pas sûre, répondit-elle en lissant la soie bleu métallique sur ses hanches rondes. Vous… tu ne trouves pas que c'est un peu trop ?

— Un peu trop pour quoi ? rétorqua-t-il d'un ton brusque. Tu ne seras pas trop habillée, si c'est ce que tu crains.

Non, ce n'était pas ça le problème… Hannah vacilla sur ses sandales aux talons vertigineux. Ce qu'elle craignait le plus, c'était de ne pas être à la hauteur de l'image qu'elle avait dans cette tenue. En se regardant dans le miroir, elle avait vu quelqu'un qu'elle ne reconnaissait pas. Une femme élégante dont le raffinement était factice. Elle avait le sentiment d'être une mystificatrice… et elle en était une. Une employée d'hôtel déguisée pour avoir l'air d'une cliente. Et si quelqu'un commençait à lui parler et se rendait compte qu'elle n'avait pas grand-chose à dire et que son apparence n'était qu'un leurre ? Et si quelqu'un la démasquait et la dénonçait ?

— Je me demande surtout comment nous allons pouvoir sortir de l'hôtel sans que personne ne me remarque.

Un large sourire éclaira soudain le visage de Kulal.

— Oh ! ne t'inquiète pas pour ça. Tout est prévu.

Hannah put constater très vite qu'il disait vrai. Et que pratiquement rien n'était impossible quand on était roi. Kulal al-Diya n'était peut-être pas venu en Sardaigne avec beaucoup de personnel, mais il disposait quand même d'un nombre impressionnant de gardes du corps. Un essaim de colosses surgis de nulle part s'agglutina autour d'eux pour les escorter dans un dédale de petits couloirs jusqu'à l'héliport, où les attendait un hélicoptère. Les quelques personnes qu'ils croisèrent n'eurent d'yeux que pour le cheikh, dont l'allure majestueuse accaparait l'attention de tout le monde. Même si quelqu'un avait jeté un coup d'œil à la femme en robe longue parée de bijoux précieux, personne n'aurait pu deviner que c'était une modeste femme de chambre.

Hannah eut un peu mal au cœur lorsque l'hélicoptère s'éleva dans le ciel, mais bientôt ils furent parmi les étoiles, avec sous eux les lumières scintillantes de L'Idylle et elle promena un regard émerveillé autour d'elle.

— Tu es déjà montée dans un hélicoptère ? demanda Kulal d'une voix forte pour couvrir le bruit de l'hélice.

Elle était tellement captivée par la vue qu'elle rétorqua sans réfléchir :

— À ton avis ?

Kulal sourit. Quel plaisir de sortir en compagnie d'une femme aussi spontanée ! Au lieu d'être suspendue à ses lèvres elle s'extasiait sur la beauté des étoiles. À moins que ce ne soit pour essayer de le convaincre qu'elle avait un esprit profond ? Il se morigéna aussitôt. Depuis quand était-il devenu aussi cynique ? *Tu le sais bien. Depuis que ta mère a pris une éclatante revanche sur ton père et t'a fait perdre pour toujours ta confiance dans les femmes.* Il s'efforça de chasser les souvenirs qui l'assaillaient, toujours aussi douloureux malgré les années écoulées.

Avait-elle senti son regard sur elle ? Était-ce pour cela qu'elle se tournait vers lui d'un air inquiet ? comme si elle venait juste de se rappeler où elle se trouvait… et avec qui.

— Tu ne m'as rien dit de cette soirée, déclara-t-elle.

— Que veux-tu savoir ?

— Eh bien, pour commencer, qui reçoit.

Il se pencha vers elle pour éviter de crier.

— Un magnat de l'immobilier nommé Salvatore Di Luca, qui se trouve être un de mes plus vieux amis.

Troublé par son parfum subtil, il déglutit péniblement avant de poursuivre.

— Je l'ai rencontré quand j'étudiais en Norvège.

— Qu'étudiais-tu ?

Il y avait longtemps qu'on ne lui avait pas posé cette question, mais elle semblait sincèrement intéressée par la réponse.

— Je préparais un master en économie de l'énergie et des ressources naturelles.

— Ouah, ça a l'air drôlement calé. Ça te plaisait ?

Kulal se raidit. Si ça lui plaisait ? Autant qu'il lui était possible à l'époque d'avoir du goût pour quelque chose. Les études lui avaient permis de fuir le palais et une réalité insupportable. Mais pas question de le dire. Il ne parlait jamais de ça. Pas même avec son frère jumeau…

Il s'éclaircit la voix.

— Ça me plaisait bien et ça m'est très utile dans mon rôle de cheikh. Salvatore et moi suivions les cours ensemble et nous sommes restés en contact depuis, bien que nous menions des vies très différentes. Il vit à Rome, mais il a une résidence ici.

— Et en quel honneur, cette soirée ?

— En mon honneur, bien sûr. Avec le sens de l'hospitalité qui est le sien, quand mon vieil ami a appris que j'étais en Sardaigne il a tenu à m'inviter à une réception chez lui.

— Ça ne semble pas te réjouir follement.

Il haussa les épaules.

— Par moments, ça devient lassant d'être le point de mire dans ce genre de soirées.

Hannah se mordit la lèvre.

— Comment vas-tu expliquer ma présence ?

— Oh ! ne t'inquiète pas, répliqua-t-il avec un sourire arrogant. Je n'ai jamais besoin d'expliquer quoi que ce soit. Personne n'a à connaître ton identité. Ce soir tu peux être qui tu veux, Hannah.

*
* *

Hannah sentit son cœur s'affoler. Cette perspective était à la fois excitante et angoissante. Elle jeta un coup d'œil furtif à Kulal. Il ne fallait surtout pas commettre l'erreur de croire que tout cela était réel et que ce roi du désert était vraiment son cavalier pour la soirée.

L'hélicoptère plongea vers un héliport bordé de torches, à côté duquel les attendait un homme imposant. Quand ils descendirent de l'appareil, le vent plaqua sa robe sur ses jambes et ses cheveux impeccablement coiffés se mirent à voler autour de ses épaules. Salvatore Di Luca réserva un accueil chaleureux à Kulal, mais il se contenta de quelques mots hâtifs pour la saluer. Comme si faire connaissance avec elle était une perte de temps. Comme si elle n'était qu'une femme de plus dans la longue liste de celles que Kulal avait amenées à des soirées au fil des ans.

Et c'était le cas, bien sûr !

En s'efforçant de ne pas trébucher avec ses talons aiguilles, Hannah suivit les deux hommes sur une terrasse où se pressait une foule d'invités, à proximité de la piscine. Il y avait des guirlandes lumineuses dans les arbres et des bougies sur les tables décorées de fleurs. Le bref silence qui accueillit leur arrivée fut suivi par un brouhaha fébrile, et Hannah sentit sur elle des dizaines de regards scrutateurs. Elle comprit alors ce qu'avait voulu dire Kulal. C'était très troublant d'être le centre de l'attention. Les gens devinaient-ils qu'elle portait une robe et des bijoux empruntés pour la soirée ?

Des notes de musique s'élevèrent et une chanteuse sculpturale en robe argentée entonna un standard de jazz. Du côté du bar, Hannah vit un ponte de Hollywood lié récemment à une femme deux fois plus jeune que lui. Et au bord de la piscine, n'était-ce pas une célèbre princesse européenne, connue pour être casse-cou, dans une impressionnante posture de yoga ?

La soirée s'animait et tout le monde commençait à s'amuser vraiment. Tout le monde sauf elle… Visiblement, elle était la seule à ne connaître personne. Et le fait d'être en compagnie de l'invité vedette n'arrangeait rien. Quand Kulal la présentait à des gens, ceux-ci prenaient tout juste la peine de manifester un intérêt poli. Il arrivait même qu'on la bouscule pour mieux accéder à la grande attraction de la soirée. Elle faisait comme si de rien n'était et gardait un sourire stoïque aux lèvres.

Mais quand une blonde enjouée commença à bavarder avec Kulal dans sa langue maternelle, elle renonça. Pourquoi s'entêter ? Pourquoi tenter d'atteindre quelque chose qui ne serait jamais accessible ? Peu importaient la robe et les bijoux, le maquillage et la coiffure. Elle restait la femme de chambre. L'étrangère. Comme elle l'était depuis toujours et sans doute pour toujours.

Discrètement, elle traversa la terrasse bondée et se percha sur le rebord d'une fontaine pour pouvoir observer la foule tout en écoutant la musique. Kulal, qui dominait d'une tête tous les autres invités, était plus séduisant que jamais et toujours très entouré. Elle eut un pincement au cœur, qu'elle s'empressa d'ignorer. La musique était bonne, le parfum du jasmin délicat, et son cocktail délicieux. Tout en savourant ces plaisirs simples, elle observa une serveuse qui longeait la piscine avec un plateau chargé de verres. En passant devant Kulal, la jeune femme se déhancha ostensiblement et faillit perdre l'équilibre. Si elle n'était pas plus prudente, son plateau allait lui échapper, se dit Hannah. Au moment même où cette pensée lui traversait l'esprit, un fracas de cristal brisé stoppa net le bourdonnement des conversations. C'était presque comique de voir tout le monde fixer la serveuse accroupie au milieu des débris, comme si c'était une extraterrestre venue de l'espace. Hannah posa son verre et se précipita vers elle pour l'aider. Les conversations reprirent tandis qu'elle s'affairait, si absorbée dans sa tâche que ce fut seulement après avoir posé le dernier morceau de verre sur le plateau qu'elle prit conscience d'être observée.

Levant les yeux, elle rencontra le regard perplexe de Kulal. Toujours concentrée sur le nettoyage elle demanda machinalement :

— Tu crois que tu pourrais trouver une pelle et une balayette quelque part ?

— Une pelle et quoi ?

À en juger par son air interloqué, il ne voyait pas du tout de quoi elle parlait… Elle s'apprêtait à lui donner des précisions quand un serveur arriva et réprimanda la serveuse avec virulence en français.

— Viens, lui intima Kulal en la relevant. Je crois que tu en as suffisamment fait. Laissons-les régler ça entre eux. À moins que tu aies l'intention de mettre un tablier et de la remplacer pour le reste de la soirée ? Tu n'arrêtes jamais de travailler, Hannah ?

Piquée au vif par son ton sarcastique, elle sentit ses joues s'enflammer.

— Je ne pouvais pas la laisser se débrouiller toute seule… surtout que personne d'autre n'a levé le petit doigt, n'est-ce pas ?

— Tout le monde ici ne possède pas un éventail de compétences aussi large que le tien, ironisa-t-il en la prenant par le coude.

Il l'entraîna vers la pelouse qui s'étendait au-delà de la piscine, loin des regards curieux. Le coin était calme. Et désert. On entendait toujours la musique, mais il n'y avait qu'elle et Kulal, qui semblait mi-irrité, mi-amusé.

— Tu passes une bonne soirée ? demanda-t-il.

— C'est très généreux à toi de m'avoir amenée ici.

— Ce n'est pas ce que je t'ai demandé, Hannah.

Embarrassée, elle haussa les épaules.

— Je suis contente d'être venue.

— Vraiment ?

Elle eut une hésitation, mais quelque chose dans le regard pénétrant fixé sur elle la poussa à répondre franchement.

— Ça m'a fait prendre conscience que les soirées de la haute société ne sont pas aussi exaltantes qu'on le prétend.

— Et pourquoi ?

— Eh bien… personne ne parle de choses vraiment intéressantes, non ? Tous les hommes semblaient avoir un esprit de compétition très développé et la plupart des femmes se collaient à toi comme des plantes grimpantes. De toute évidence, ma présence n'a pas été aussi efficace que tu l'espérais. Mais peut-être que je te fais perdre des occasions. Auquel cas je peux sans problème m'éclipser jusqu'à ce que tu sois prêt à partir, si c'est ce que tu souhaites.

Kulal considéra Hannah avec une pointe d'admiration. Il avait entendu autour de lui des exclamations horrifiées quand elle s'était accroupie sans craindre de froisser sa robe haute couture, mais il n'avait pu s'empêcher d'être impressionné par la spontanéité avec laquelle elle avait volé au secours de la malheureuse serveuse. Et maintenant, au lieu de l'accabler de remerciements mièvres, elle disait à haute voix ce qu'il pensait tout bas de ce genre de soirées. Les gens lui disaient rarement ce qu'il avait besoin d'entendre… Ils préféraient lui dire ce qu'il *voulait*, selon eux, entendre. Or les deux coïncidaient rarement. Tout à coup, l'envie de la prendre dans ses bras fut impérieuse. Impossible d'y résister. Pourquoi devrait-il y résister, d'ailleurs ?

— Danse avec moi plutôt.

Elle écarquilla les yeux.

— Ici ?

— Oui, ici.

S'il avait insisté pour l'emmener sur la piste de danse devant l'orchestre, où ils auraient été à la vue de tout le monde, Hannah aurait peut-être refusé. Mais il se contenta de la prendre dans ses bras, comme s'il dansait tous les soirs sur des pelouses éclairées par la lune. Elle se détendit aussitôt. Quelle femme verrait un inconvénient à se retrouver dans les bras de ce cheikh ? N'était-ce pas un des fantasmes qu'elle tentait d'ignorer quand elle travaillait pour lui ? Mais elle était en train de découvrir que parfois la réalité dépassait les fantasmes… et de très loin.

Elle avait l'impression que les pointes de ses seins étaient dures comme de la pierre. Les sentait-il contre son torse ? Et puis il y avait cette chaleur délicieuse au creux de ses reins… Il fallait qu'elle arrête cette danse avant de faire quelque chose qu'elle regretterait. Comme tracer du bout des lèvres le contour de sa mâchoire et le supplier de l'embrasser… Les joues en feu, elle s'écarta de lui.

— Je crois que je ferais mieux de rentrer maintenant, dit-elle d'une voix rauque. À l'hôtel, je veux dire.

— Oh ?

Il arqua les sourcils.

— Pourquoi ?

Tu sais bien pourquoi. Parce que tu me donnes envie de choses auxquelles je n'ai pas droit. Parce que je suis vierge et que tu es un homme d'expérience et que j'ai été prudente toute ma vie.

— Je suis fatiguée.

Il devait se douter que c'était une excuse, mais il ne fit pas de commentaire. Peut-être comprenait-il que c'était la meilleure chose à faire. Ou la seule. Après un bref silence, il hocha la tête.

— D'accord. Ça me ferait du bien à moi aussi de me coucher tôt. Allons-y.

La nature humaine n'était-elle pas capricieuse ? Dès que Kulal accéda à sa requête, Hannah commença à regretter sa décision. N'aurait-elle pas pu danser avec lui un peu plus longtemps ? Pourquoi n'avait-elle pas choisi de savourer l'instant au lieu d'y mettre fin de manière aussi abrupte ?

L'hélicoptère les ramena à l'hôtel, dans lequel elle entra avec appréhension. Mais ils parvinrent à rejoindre l'ascenseur privé de la suite de Kulal sans être vus et ils arrivèrent au dernier étage sans encombres. Les gardes du corps habituels étaient postés dans le couloir, mais elle était tellement habituée à les voir qu'elle leur jeta à peine un coup d'œil. Elle s'immobilisa devant la porte de sa chambrette et regarda Kulal. Devait-elle lui proposer d'aller rabattre les draps de son lit avant de se retirer ? Quelle idée ! se morigéna-t-elle aussitôt. Avait-elle perdu la tête ?

— Merci infiniment pour cette soirée, déclara-t-elle d'un ton poli en ouvrant sa porte. Je vais mettre la robe, les chaussures et les bijoux dans un sac, que je déposerai dans la suite demain matin. Bonne nuit.

Kulal ne semblait pas l'écouter. Il était trop occupé à regarder par-dessus son épaule d'un air songeur.

— Cette chambre est minuscule, déclara-t-il.

— Bien sûr, répliqua-t-elle sur la défensive. Je fais partie du personnel, tu… vous vous souvenez ?

Mais Kulal ne pensait pas vraiment à son statut social. Il ne pensait à rien d'autre qu'à la frustration qui le rongeait et contre laquelle sa raison ne pouvait rien. Cette danse l'avait terriblement excité, et malgré ses bonnes résolutions il envisageait de promener les doigts sur ses seins somptueux quand elle s'était écartée de lui en annonçant qu'elle voulait rentrer. Il avait été désarçonné. C'était la première fois qu'une chose pareille lui arrivait. Et maintenant elle lui souhaitait sagement une bonne nuit, comme si elle avait réellement envie de dormir. Alors que ses prunelles dilatées ne laissaient aucun doute. Son désir était partagé.

S'il était raisonnable il regagnerait sa suite et il prendrait une douche glacée pour se calmer. Et peut-être qu'au lieu de rentrer directement au Zahristan demain il pourrait faire un détour par la Suède et rendre visite à cette délicieuse actrice blonde avec qui il n'avait jamais trouvé le temps de coucher quelques années plus tôt. Ne lui avait-elle pas envoyé un texto l'autre jour pour lui dire avec duplicité qu'elle avait été désolée d'apprendre sa rupture ? Son post-scriptum, beaucoup moins hypocrite, laissait clairement entendre qu'elle avait envie qu'il devienne son amant.

Sauf qu'il ne désirait pas cette femme trop maigre dont les os devaient s'enfoncer dans la peau des hommes comme des armes tranchantes. Il avait envie de formes généreuses. De seins rebondis et moelleux entre lesquels enfouir son visage. D'une bouche sensuelle qu'il pourrait dévorer avec avidité. Pour la première fois de sa vie il avait envie d'une femme totalement étrangère à son univers. Était-ce l'attrait de la nouveauté qui attisait à ce point son désir pour la petite femme de chambre ?

Il prit Hannah dans ses bras et promena les doigts le long de son épine dorsale. Écarquillant les yeux, elle murmura :

— Kulal ?

— Oui ? répliqua-t-il en inclinant la tête jusqu'à ce que leurs bouches ne soient plus qu'à quelques centimètres l'une de l'autre.

Il s'immobilisa pour lui laisser le temps de secouer la tête. De s'écarter de lui. Parce que c'était ce que la raison commandait, même si chaque parcelle de son corps se rebellait contre cette idée. Mais elle ne s'écarta pas et ses lèvres s'entrouvrirent. Il n'allait pas l'emmener dans sa suite, décida-t-il. Il n'avait pas envie de passer devant ses gardes du corps, même s'ils avaient souvent été témoins de caprices de ce genre. Oui, c'était mieux ainsi. Moins embarrassant pour elle. Et plus original pour lui. Il resserra son étreinte et son désir s'intensifia encore.

— Que... Que faites-vous ? demanda-t-elle d'une voix hachée.

Il réprima une moue de dérision. Dans des moments comme celui-ci les femmes étaient rarement originales. Que pensait-elle ? Qu'il était en train de rédiger une étude sur l'énergie solaire ? Il promena les lèvres sur la peau soyeuse de son cou.

— Je pense que tu connais comme moi la réponse à cette question. Je vais te faire l'amour. Si tu en as envie, bien sûr... Mais je pense que c'est le cas.

Hannah déglutit péniblement. Il fallait lui dire d'arrêter avant qu'il aille plus loin. Avant qu'il pose les mains sur ses seins, qui n'attendaient que ça... Mais comment trouver la force de l'arrêter ? C'était impossible. Comment pourrait-elle se priver de quelque chose qui était aussi bon ? Jamais elle n'avait éprouvé des sensations aussi merveilleuses. Elle ne se doutait pas qu'être dans les bras d'un homme pouvait être aussi grisant. Elle laissa échapper un petit soupir tandis que la bouche de Kulal effleurait sa mâchoire, et ses paupières se fermèrent. Était-ce sa langue qu'elle venait de sentir sur sa peau ? Il recommença et elle frissonna. Oui, c'était sa langue...

Attendait-il une réponse ? Sans l'avoir vraiment décidé elle referma les bras sur ses épaules.

— Je suppose que c'est un oui ? murmura-t-il d'une voix rauque.

— Ce n'est certainement pas un non, rétorqua-t-elle avec une audace qu'elle ne se connaissait pas.

Il l'entraîna à l'intérieur de la chambre en pouffant et il referma la porte derrière eux d'un coup de pied. Puis il l'embrassa vraiment. Promenant les mains sur sa robe, il murmura quelque chose dans une langue qu'elle ne comprit pas. Mais peut-être n'était-ce pas nécessaire. Ne disait-on pas que le langage de l'amour était universel ?

Contre toute attente, elle ne ressentit pas la moindre

gêne quand il baissa sa fermeture Éclair et lui enleva sa robe. Le regard ébloui dont il l'enveloppa et son murmure appréciateur accrurent au contraire l'euphorie dans laquelle elle baignait. Elle se félicita d'avoir écouté la conseillère en style lorsque celle-ci avait insisté pour qu'elle porte des dessous raffinés. Kulal dégrafa son soutien-gorge et il émit un nouveau murmure flatteur à la vue de ses seins. Puis il se pencha sur l'un d'eux et referma les lèvres sur sa pointe frémissante. Elle laissa échapper un gémissement étranglé. C'était comme si elle venait de prendre un aller simple pour le paradis. Comme si elle venait de trouver un trésor fabuleux à l'existence duquel elle n'avait jamais vraiment cru. Tout à coup, elle éprouva une envie irrésistible de toucher Kulal. De sentir sa peau sous ses doigts.

Avec la dextérité qui avait fait d'elle la meilleure femme de chambre du groupe Granchester, elle défit les boutons de nacre de sa chemise et couvrit son torse musclé de caresses fébriles. À sa grande joie, il émit un grognement approbateur. Puis il la souleva de terre comme si elle ne pesait pas plus lourd qu'une plume et la déposa sur le minuscule lit à une place.

Toujours sans le moindre embarras, elle le regarda alors qu'il se déshabillait sans la quitter des yeux. Une fois nu, il se pencha sur elle et fit glisser sa culotte de soie jusqu'à ses chevilles avant de la laisser tomber par terre. Puis il s'allongea tout contre elle sur le lit étroit et glissa une main entre ses cuisses, lui arrachant un gémissement de pur plaisir.

— Tu aimes ça ? demanda-t-il en souriant.

Avant qu'elle ait le temps de décider si une réponse était vraiment nécessaire, il approfondit l'exploration de son intimité. Assaillie par des sensations inouïes, elle poussa un petit cri étranglé.

— C'est… c'est trop ! Je ne peux pas…

— Oh si, tu peux, murmura-t-il avant de lécher et de

sucer tour à tour les pointes de ses seins, la privant de l'usage de la parole.

De toute façon, qui était-elle pour le contredire ? Elle avait l'impression que leurs deux corps semblaient faits depuis toujours pour se rejoindre sur ce lit étroit. Jamais elle n'aurait imaginé qu'elle se sentirait un jour aussi bien dans les bras d'un homme. Dans son euphorie, elle pouffa lorsqu'il déchira maladroitement un étui de préservatif et étouffa un juron. Pourquoi avait-il un préservatif sur lui ? Elle ne se posa pas la question. Parce que, pour la première fois de sa vie, elle venait de sortir de sa zone de confort. Mieux encore, elle venait de faire joyeusement un saut dans l'inconnu.

Et c'était bon.

Si bon ! De l'embrasser, de le toucher. D'enfoncer les doigts dans l'épaisse toison noire qui recouvrait son torse. De promener les mains sur son corps splendide. De savourer le contraste entre sa peau veloutée et ses muscles d'acier… Lorsqu'il marmonna qu'il ne pourrait plus tenir très longtemps elle crut que son cœur allait exploser de joie. Tout à coup elle n'était plus Hannah Wilson, mais une femme visiblement capable de rendre cet homme sublime fou de désir… Il prit place entre ses cuisses, et les secondes qui suivirent furent un peu nébuleuses. Il y eut une douleur furtive — mais pas très aiguë — et de la surprise sur le visage de Kulal, qui s'immobilisa brusquement. Mais ensuite leurs corps semblèrent se mouvoir d'eux-mêmes et tout le reste fut oublié. Elle fut emportée dans un tourbillon de sensualité brûlante. Un tourbillon irrésistible prometteur d'un plaisir encore plus prodigieux que tout ce qu'elle avait éprouvé jusque-là. Un plaisir qui semblait toujours plus proche et plus inaccessible à la fois. Elle s'entendit supplier d'une voix qu'elle ne se connaissait pas, avec des mots dont elle ignorait qu'elle les connaissait. Et soudain, une vague irrésistible la submergea. Et c'était mille fois plus fabuleux que tout ce qu'elle avait pu imaginer. Elle poussa un long cri émerveillé, qui fut presque aussitôt suivi par un cri de Kulal, rauque et triomphant.

4.

— Quand comptais-tu me le dire ?

Luttant contre la nausée, Hannah regarda sa sœur d'un air qu'elle espérait impassible. Tamsyn ne pouvait pas être au courant. Comment pourrait-elle l'être alors qu'elle-même venait juste de l'apprendre ?

— Te dire quoi ?

— Que tu es enceinte, bien sûr. Tu envisageais de garder le secret jusqu'à l'accouchement ?

À son grand dam, Hannah sentit sa gorge se nouer. Non, elle ne pleurerait pas. Les larmes ne résoudraient rien. Elle en avait déjà fait l'expérience.

— Comment l'as-tu deviné ? murmura-t-elle.

— Tu es *sérieuse* ?

Tamsyn remplit la bouilloire sans paraître remarquer qu'elle éclaboussait les carreaux de faïence impeccables.

— Ça sauterait aux yeux de n'importe qui.

— Au Granchester, personne n'est au courant.

— Vraiment ? Eh bien, peut-être que tes collègues sont myopes. Ou peut-être que je te connais mieux que personne. Mais pour moi ça se voit comme le nez au milieu de la figure. Regarde-toi, Hannah. Tes seins sont énormes et tu as le teint vert.

— Merci…

— Je n'arrive pas à y croire. Toi, enceinte ! C'est la meilleure…

— Qu'est-ce que tu sous-entends ?

Tamsyn haussa les épaules.

— Tu as toujours été si sérieuse. Jamais un faux pas.

Hannah resta silencieuse. C'était vrai. Elle avait été l'enfant modèle. La conciliatrice. Celle qui avait appris qu'en dire le moins possible et faire comme si les problèmes n'existaient pas étaient le meilleur moyen de revenir à une situation normale. Ou à peu près normale. Mais, cette fois, faire comme si le problème n'existait pas était impossible.

— Qui est le père, Hannah ? poursuivit Tamsyn. Je ne savais même pas qu'il y avait quelqu'un dans ta vie.

Parce qu'il n'y avait personne dans sa vie, voilà pourquoi... Hannah se laissa aller contre le dossier de son fauteuil et ferma les yeux. Pas question de révéler son angoisse. Mais tôt ou tard, il faudrait parler. Prononcer les mots. Parce que les mots rendraient bien réel ce qui jusque-là était resté une crainte refoulée.

Elle était enceinte.

Elle portait l'enfant d'un roi du désert.

Ses pensées la ramenèrent à cette nuit de folie où Kulal l'avait allongée sur ce lit à une place, les yeux étincelants de désir. Ce qui s'était passé ensuite avait semblé inévitable, mais c'était faux. Elle aurait pu l'arrêter. Il lui en avait laissé la possibilité, mais elle avait préféré continuer. Elle avait enfreint toutes les règles... et pas seulement celle qui interdisait aux employés du groupe Granchester de nouer des relations avec les clients. N'avait-elle pas préservé sa virginité parce qu'elle la considérait comme quelque chose de très précieux ? Ne s'était-elle pas promis de ne jamais avoir d'aventures sans lendemain parce qu'elle avait vu quelles pouvaient en être les conséquences ? Contrairement à la plupart des femmes de son âge, elle était prude. Comme si elle vivait dans un autre siècle.

Et elle avait abandonné son innocence à un homme qui l'avait prise comme si elle lui était due ! Et qui ensuite avait fixé le plafond d'un air songeur.

— C'est la première fois que je fais l'amour dans un lit

aussi étroit, avait-il déclaré en glissant la main entre ses cuisses. Je crois que ça ajoute un certain *quelque chose.*

Mais même ce commentaire arrogant n'avait pas suffi à éteindre son désir pour lui. Sans un mot elle l'avait invité à recommencer, et il ne s'était pas fait prier. Il lui avait refait l'amour. Encore et encore. Le souvenir des explosions qui l'avaient secouée à chaque fois restait gravé dans sa mémoire. C'était comme si elle portait en elle une bombe ultra-puissante qui attendait depuis longtemps que quelqu'un la déclenche. Était-ce pour cela qu'elle avait eu des réactions dont elle ne se serait jamais cru capable ? Elle s'était comportée comme une bête sauvage. Comme…

Juste avant la première fois, il lui avait demandé :

— Tu es sûre de vouloir, Hannah ?

— Oui, avait-elle répondu sans hésitation.

— Moi aussi. Mais c'est juste pour une nuit… D'accord ? Pas seulement parce que nos positions sociales sont incompatibles. Je sors d'une relation et je n'ai pas envie d'en commencer une autre. Si tu attends autre chose qu'une aventure d'une nuit, je ne peux pas te le donner. Par conséquent je m'en irai tout de suite, même si ça me coûte beaucoup.

Elle avait été incapable de résister à la tentation. Comment aurait-elle pu ? Le seul fait de plonger les yeux dans ses yeux noirs étincelants suffisait à la faire fondre de désir.

— Une nuit ça me va, avait-elle murmuré.

— Alors, qui est le père ? insista Tamsyn d'un ton impatient.

À cet instant, une évidence s'imposa à elle. Pour la première fois, les rôles étaient inversés entre sa sœur et elle. Malgré ses frasques, Tamsyn n'avait jamais eu à affronter un problème aussi énorme. Un problème qui semblait insurmontable. Qui lui donnait le vertige depuis qu'elle avait vu cette ligne bleue sur le test de grossesse.

— Tu ne pourras pas garder le secret éternellement, tu sais.

Tamsyn versa l'eau bouillante dans la théière avant d'ajouter :

— C'est ce type qui travaille à la comptabilité… ;? celui qui t'a draguée à la soirée de Noël ?

Hannah frissonna de dégoût. Pitié… Cet épisode s'était terminé de manière particulièrement humiliante, quand il avait mis la main sous son pull et qu'elle avait fait un bond en arrière, horrifiée. Elle lui avait dit qu'elle n'avait aucune envie de coucher avcc lui dans le placard à fournitures, et il avait répondu d'un air méprisant qu'elle était grosse et frigide.

Mais quand Kulal l'avait touchée, elle n'avait pas fait un bond en arrière. Elle n'avait pas été horrifiée…

Cependant, Tamsyn avait raison. Elle ne pouvait pas garder le secret. Elle n'en avait pas le droit. Et puis… Une fois de plus elle déglutit péniblement. Si elle se concentrait sur le fait lui-même plutôt que sur ses répercussions, elle ne pouvait pas nier la joie qui bouillonnait en elle. Elle allait avoir un bébé, qu'elle protégerait et qu'elle aimerait de tout son cœur, comme elle l'avait fait pour sa petite sœur. Quels que soient les obstacles qui l'attendaient.

— Il s'appelle Kulal.

C'était la première fois qu'elle prononçait son nom depuis cette nuit qu'elle avait passée dans ses bras… Qui aurait pu prévoir que son premier amant serait un influent roi du désert ?

— Chouette nom, approuva Tamsyn. Comment il est ?

— Il est… très puissant et très dynamique.

— Vraiment ?

Tamsyn était visiblement dubitative. Comment lui expliquer la situation ? Hannah se mordit la lèvre. Pendant leur enfance difficile elle avait toujours été présente pour sa sœur, armée de paroles pleines de sagesse. Des paroles de réconfort. Pas une seule fois elle ne s'était sentie impuissante face à un problème.

Jusqu'à aujourd'hui.

S'était-elle crue trop intelligente pour se retrouver un jour dans une situation comme celle-ci ? Eh bien, la réalité était là pour lui donner une leçon d'humilité…

— C'est un cheikh.

Tamsyn fronça le nez.

— Que veux-tu dire ?

— Le père de mon bébé est un…

Elle s'éclaircit la voix. Ça semblait tellement extravagant…

— … roi du désert.

Tamsyn étouffa un éclat de rire, mais elle parut prendre conscience de la gravité de la situation et son visage redevint sérieux.

— Ce n'est pas un sujet de plaisanterie.

— Je ne plaisante pas. C'est vraiment un roi du désert.

Tamsyn secoua la tête.

— Hannah, tu n'as pas beaucoup d'expérience. Tu ne connais pas les hommes. Ils sont prêts à raconter n'importe quoi pour…

— C'est vrai ! coupa Hannah avec une véhémence inhabituelle. C'est le cheikh Kulal al-Diya et il est le roi du Zahristan.

— Mon… Dieu !

Oubliant le thé, Tamsyn s'appuya contre l'évier, les yeux écarquillés.

— Pas… Pas celui dont on parle dans les médias et qui est décrit comme…

— Un des célibataires les plus convoités de la planète ? Si, c'est lui.

— Mais… Comment ? Je veux dire… *Comment* ?

Hannah sentit son cœur se serrer. Il n'y avait aucune malice dans cette question mais elle n'en était pas moins blessante. L'incrédulité de Tamsyn en disait long. En clair, elle se demandait comment un homme comme Kulal pouvait avoir eu la moindre relation avec une femme comme *elle*… Mais comment pourrait-elle blâmer sa sœur alors qu'elle pensait à peu près la même chose ?

— Il avait besoin de quelqu'un pour l'accompagner à une soirée.

— Et c'est toi qu'il a choisie ?

Hannah redressa les épaules et répondit à Tamsyn avec une froideur inhabituelle.

— Oui. Je travaillais pour lui.

— Comme femme de chambre ?

— Comme femme de chambre. J'avais été affectée à son service exclusif. Parfois nous bavardions de choses et d'autres. Nous nous entendions… très bien.

Tamsyn pouffa.

— Bien sûr. Donc tu es allée à une soirée avec lui et…

— Je ne vais pas te faire un dessin, Tamsyn. Ce qui s'est passé est évident.

Tamsyn arqua les sourcils, comme si elle avait un peu de mal à s'habituer à cette nouvelle sœur à l'esprit aventureux, puis elle hocha la tête.

— Que comptes-tu faire ?

Hannah hésita avant de répondre. Elle n'était pas encore complètement décidée. Parce qu'elle risquait de perdre le contrôle de la situation dès l'instant où elle apprendrait la nouvelle à Kulal. Ce n'était pas seulement un homme puissant, c'était un roi. Or les familles royales n'étaient-elles pas notoirement possessives avec leurs héritiers ? Mais en réalité elle ne savait pas comment il allait réagir. Pour la bonne raison qu'elle ne le connaissait pas vraiment. Il pouvait tenter de prendre le contrôle de sa vie et de celle du bébé ou bien nier toute responsabilité et l'envoyer promener. En fait, tout serait beaucoup plus facile si elle décidait d'élever le bébé seule sans prendre la peine de lui en parler.

Un profond soupir lui échappa. Ce serait plus facile de ne rien dire, certes. Mais elle ne pourrait jamais s'y résoudre. Elle n'avait jamais connu son père et elle savait le vide que cette absence pouvait laisser dans l'existence d'un enfant. Mettre Kulal au courant comportait des risques, bien sûr. Mais c'étaient des risques qu'elle devait prendre.

— Je vais le lui dire, bien sûr. Dès que tu seras partie je lui téléphonerai.

Le seul problème étant qu'elle n'avait pas de numéro de téléphone où le joindre. Il ne lui en avait pas donné un. Pourquoi l'aurait-il fait puisqu'il n'avait jamais eu l'intention de la revoir ? Après un dernier baiser langoureux elle avait sombré dans un profond sommeil, épuisée. Et quand elle s'était réveillée, il était parti. Il ne restait pas une seule trace de son passage, ni dans sa chambrette ni dans la suite. Les gardes du corps avaient disparu et ses bagages également. Même la robe et les bijoux avaient disparu, probablement renvoyés à la conseillère en style. Si elle ne s'était pas sentie délicieusement endolorie, Hannah aurait pu croire qu'elle avait rêvé. Et pourtant, elle n'avait pu s'empêcher de se faire des illusions. Elle s'était dit stupidement qu'il lui avait peut-être laissé un mot ou *quelque chose*.

Mais elle avait eu beau passer sa suite au crible — soi-disant pour la nettoyer à fond —, elle n'avait pas trouvé le moindre indice suggérant qu'elle garderait une place dans les pensées de Kulal al-Diya. Cette constatation l'avait abattue. Impossible de le nier. Après une initiation si spectaculaire au sexe, se résigner à reprendre une vie chaste n'avait rien de réjouissant. Mais ce n'était pas seulement une question de sexe. Dans les bras de Kulal elle avait eu le sentiment grisant d'être une femme séduisante et sûre d'elle. Il avait été passionné mais aussi très tendre. En fait, il avait été l'amant idéal dont toutes les femmes rêvaient.

Mais peut-être était-il très facile pour un homme de se comporter ainsi avec une femme dont il savait qu'il ne la reverrait jamais. Qu'il ne serait pas obligé de lui parler au réveil.

Elle avait tenté de se convaincre que c'était une chance

qu'il se soit éclipsé. Que se réveiller avec lui dans ce lit étroit aurait été très embarrassant. Elle aurait branché la bouilloire en lui proposant une tisane ? Puis elle l'aurait regardé s'habiller, impatient de s'en aller ? À l'inverse, elle avait tenté de s'indigner de sa fuite précipitée. Mais elle n'avait pas réussi à lui en vouloir vraiment. Savait-elle inconsciemment que les cellules de son enfant commençaient déjà à grandir en elle ? Était-ce pour cela qu'elle n'avait pas réussi à le chasser de son esprit ni à empêcher son cœur de battre un peu trop vite à chaque fois qu'elle pensait à lui ?

Mais elle savait que même les sentiments les plus vifs finissaient par s'estomper avec le temps. Et elle avait tenté de se consoler en se disant qu'au moins personne ne s'était rendu compte de rien et que son emploi n'était pas menacé. Elle s'en était tirée à bon compte. Du moins, c'était ce qu'elle avait cru au début… Après avoir travaillé deux semaines de plus en Sardaigne elle était rentrée à Londres. Et elle avait constaté le retard de ses règles. Au début elle avait nié la réalité. Jusqu'au moment où le déni était devenu impossible…

Hannah se connecta au site du Zahristan mais, bien entendu, l'adresse mail du roi n'était pas indiquée. Si elle envoyait un courrier à son intention en précisant « Personnel et confidentiel » il y avait peu de chances qu'il lui soit remis sans avoir été ouvert au préalable par précaution. Par conséquent, le cheikh apprendrait qu'il allait devenir père après ses employés. Hors de question… Il fallait qu'elle le lui annonce en personne. Mais comment ?

Il y avait bien une solution… Utiliser l'argent qu'elle économisait depuis qu'elle avait commencé à travailler. Cette somme qui grossissait petit à petit et constituerait un jour son apport personnel pour l'achat d'un logement.

Pouvait-elle puiser dedans pour acheter un billet d'avion pour le Zahristan ?

Son cœur se mit à battre plus vite. Il n'y avait pas d'autre solution. Pourtant cet argent était sacro-saint. Elle s'était promis de ne jamais y toucher… Sa main se posa d'elle-même sur son ventre. Elle n'avait pas le choix. Elle avait protégé sa sœur pendant toute leur enfance, et aujourd'hui elle était bien déterminée à protéger son bébé. Elle ignorait comme Kulal allait réagir mais ce n'était pas son problème. Elle se devait de donner à leur enfant les meilleures chances possible. Tout le reste était accessoire.

Et puis, il aurait sûrement la décence de lui rembourser le billet d'avion, non ?

Quelques jours plus tard, elle volait au-dessus de la mer de Murja en direction du pays natal du cheikh.

Par chance, le Zahristan avait ouvert ses frontières dix ans plus tôt, après avoir gagné la guerre contre son voisin le Quzabar. Par chance également, il lui restait assez de jours de congé pour pouvoir prendre des vacances à l'improviste. Lors de sa visite à l'ambassade du Zahristan pour obtenir son visa, elle avait eu affaire à une jeune femme très serviable du nom d'Elissa. Celle-ci l'avait informée que le palais du cheikh était ouvert au public tous les mardis et jeudis après-midi et que Son Altesse encourageait vivement les visites des étrangers.

En consultant une carte météorologique elle avait découvert qu'il faisait une chaleur caniculaire au Zahristan, si bien qu'elle avait de nouveau puisé dans ses économies pour acheter des vêtements adaptés. Des tenues en coton de couleurs claires et assez amples pour masquer ses seins gonflés, seul signe visible de sa grossesse jusque-là. Mais, surtout, des vêtements neufs qui lui éviteraient de se présenter au palais avec l'allure d'une clocharde.

Le vol était long et elle manquait de place, ayant décidé de se contenter de la classe économique pour ne pas dilapider ses précieuses économies. Elle tenta de se distraire en lisant l'histoire du Zahristan, mais elle ne parvenait pas à se concentrer et le livre resta ouvert pendant un long moment à la même page. Une question la poursuivait. Qu'arriverait-il quand elle verrait enfin Kulal ? Serait-elle jetée dans un sombre cachot, où elle devrait attendre que le consulat britannique la sorte d'affaire et la mette dans le premier avion pour l'Angleterre après un sermon pour avoir mis en péril les relations diplomatiques de son pays avec le Zahristan ?

Mais même si le pire arrivait et qu'elle ne parvenait pas à approcher Kulal, ellc aurait au moins essayé. Elle regarda par le hublot. Le désert semblait s'étendre à l'infini. Lorsque l'avion amorça sa descente, elle aperçut des palmiers et un point d'eau qui miroitait au soleil, entouré de tentes. Puis une ville apparut, avec des dômes et des flèches bleu et or, comme dans un conte de fées. Sans doute Ashkhazar, à propos de laquelle elle avait lu quelques pages. Une ville riche à l'histoire tourmentée. Kulal n'y avait-il pas fait allusion quand elle avait effleuré du bout des doigts la cicatrice qui partait d'un mamelon pour se terminer au niveau de l'aine ? Il n'avait pas voulu parler de l'origine de cette blessure, mais il était vrai qu'il n'avait pas parlé de grand-chose, à part de ses seins à elle qu'il trouvait somptueux. Eh bien, il allait être obligé de parler de son bébé, que ça lui plaise ou non.

Elle sentit son estomac se nouer à l'approche de la tour de contrôle, puis elle ferma les yeux tandis que l'appareil descendait vers la piste.

5.

Derrière les vitres teintées de sa limousine blindée, Kulal regarda l'avion atterrir. Quand les passagers commencèrent à débarquer, il fut submergé par une colère noire.

Il la vit tout de suite. Instantanément reconnaissable, et pas seulement parce qu'elle était la seule femme à voyager seule. Pensait-elle vraiment qu'elle pouvait entrer dans son pays sans qu'il l'apprenne ? Elle était tête nue, mais au moins elle avait les épaules couvertes. Elle portait une longue robe claire qui masquait presque ses chevilles. Une robe très décente, même pour le Zahristan, mais qui ne parvenait pas à dissimuler ses rondeurs. Kulal crispa la mâchoire. Ce serait plus simple qu'elle monte dans sa voiture pour le court trajet jusqu'à la ville, mais ça risquait de passer pour un accueil officiel et il n'était pas question que cela prête à malentendu.

Une autre limousine noire s'immobilisa sur le tarmac et un de ses plus fidèles assistants en descendit.

— Attendez que Najib la fasse monter dans la limousine, et ensuite vous les suivrez, dit-il à son chauffeur.

— Bien, Votre Altesse.

Kulal ne prononça pas un mot de plus pendant le trajet, les yeux fixés sur la voiture qui les précédait sur la route qui conduisait à la ville. Lorsque celle-ci s'arrêta, il vit Hannah regarder d'un air consterné la façade du célèbre bâtiment. Que faire si elle refusait d'entrer ? se demanda-t-il l'espace d'un instant. Mais Najib était très doué pour convaincre les gens de se plier à la volonté de son roi. Bientôt Hannah monta les marches qui conduisaient à l'entrée, suivie par un autre assistant qui portait son unique valise.

Il attendit plusieurs minutes avant de pénétrer discrètement dans le bâtiment avec deux gardes du corps sur les talons. Dans l'ascenseur, il se surprit à penser à un autre ascenseur, dans lequel il avait été obsédé par les seins somptueux de Hannah qui se soulevaient et s'abaissaient au rythme de sa respiration, sous la soie de la robe qu'il avait commandée pour elle. Que lui avait-il pris ? Comment était-il parvenu à se convaincre qu'il agissait par pur altruisme, pour offrir à la petite femme de chambre un cadeau bien mérité ? Comment avait-il pu ignorer le désir qui le taraudait et se mentir sur ses intentions réelles ? Il avait dû perdre la tête. Kulal eut une moue de dérision. Ne disait-on pas que l'homme était l'artisan de sa propre destruction ?

La porte de l'ascenseur s'ouvrit et il sortit dans le couloir. Najib montait la garde devant une porte, le visage impassible.

— Qu'a-t-elle dit ?

Najib inclina légèrement la tête avant de hausser les épaules.

— Au début elle s'est montrée un peu récalcitrante, Votre Altesse. Mais ensuite elle a paru se résigner et n'a offert aucune résistance.

— Bien. Espérons que ça va durer. Écartez-vous, Najib.

— Ne ferais-je pas mieux d'entrer avec vous, Votre Altesse ?

— Vous croyez que la petite Anglaise va m'attaquer ? demanda Kulal en esquissant un sourire.

— Il m'a semblé que son regard lançait des flammes, Votre Altesse.

— Les flammes vont très vite être noyées, Najib, reprit-il durement. Croyez-moi.

Il ouvrit la porte. Debout devant la fenêtre, Hannah se

retourna aussitôt. Najib avait raison, songea-t-il en refermant la porte. Ses yeux lançaient des flammes. Chose qui n'était jamais arrivée pendant tout le temps où elle avait travaillé dans sa suite. L'éclat de ses prunelles aigue-marine était presque éblouissant, et des mèches acajou qui s'étaient échappées de l'élastique de sa queue-de-cheval flottaient autour de son visage... Kulal fut transpercé par une flèche de désir, mais il se ressaisit aussitôt. N'était-ce pas le désir qui l'avait mis dans cette situation ?

— Peux-tu m'expliquer ce qui se passe ? demanda-t-elle d'une voix aiguë. Pourquoi m'a-t-on alpaguée à la descente de l'avion et embarquée dans une voiture comme si j'étais une criminelle ? Et pourquoi m'a-t-on conduite ici, dans ce palais, alors que j'ai une chambre réservée à la pension Souk Vista ?

Kulal plissa les yeux. Il avait souvent eu affaire à des ex-maîtresses très déterminées, mais aucune ne s'était montrée aussi téméraire que Hannah Wilson. Eh bien, elle allait rapidement prendre conscience qu'en venant au Zahristan elle avait commis une grande erreur. Une énorme erreur.

— J'ai supposé que tu voulais me voir, dit-il froidement. J'ai donc décidé d'éviter de perdre du temps en te faisant conduire directement ici.

— Quand ton assistant m'a dit...

Elle parut perdre un peu de son assurance.

— Quand il m'a dit qu'il m'emmenait au palais...

Kulal eut un sourire dédaigneux. Était-ce donc ça que convoitait Hannah ? L'accès à ses richesses et à son style de vie privilégié ? Dans ce cas, il était peut-être nécessaire de lui donner une petite leçon. Histoire de mettre les points sur les *i* avant qu'elle se laisse emporter par son imagination.

— Tu as cru qu'il parlait de *mon* palais ? demanda-t-il avec un regard appuyé sur le logo — une couronne dorée — brodé sur un napperon qui ornait un guéridon. Au lieu de l'hôtel Palais Royal ?

À sa grande satisfaction, elle s'empourpra. Il arqua un sourcil narquois.

— J'espère que tu n'es pas trop déçue, Hannah. Tu t'étais imaginé que notre nuit ensemble pourrait te donner droit à certaines faveurs ? Que je te ferais visiter les légendaires jardins de mon palais, ou que je choisirais parmi les joyaux de la Couronne un cadeau à t'offrir ?

— Bien sûr que non, répliqua-t-elle d'un ton crispé.

— J'ai pensé que tu te sentirais plus à l'aise dans un hôtel. Et, bien sûr, ça présente l'avantage non négligeable de ne pas me compromettre.

Hannah inspira profondément, s'exhortant au calme. Donner libre cours à sa colère ne mènerait à rien. Elle était bien placée pour savoir que se laisser submerger par ses émotions rendait vulnérable. Pour survivre, la première règle était de garder son sang-froid. Cette règle, elle l'avait suivie pratiquement toute sa vie. Malheureusement, aujourd'hui, ça ne paraissait pas si facile. Était-ce le bouleversement hormonal qui déclenchait chez elle des réactions inhabituelles ? Ou bien cette règle était-elle caduque à présent qu'elle avait un enfant à protéger ?

À l'époque où elle veillait sur Tamsyn elle n'était qu'une enfant elle-même, si bien que ses options étaient limitées. Mais à présent elle était adulte. Elle n'était peut-être pas aussi riche ni aussi puissante que Kulal, mais elle ne manquait pas de ressources et elle ne se laisserait pas traiter comme une prisonnière. Elle s'assit dans un fauteuil et déclara :

— Tu ne sais même pas pourquoi je suis ici.

— Bien sûr que si.

Elle ouvrit de grands yeux.

— Vraiment ?

— Oh ! Hannah.

Il émit un petit rire puis son visage devint dur.

— Pas besoin d'être un génie pour le deviner. Tu as décidé que tu étais *amoureuse* de moi, n'est-ce pas ?

Elle eut un haut-le-cœur. Ce n'était pas seulement la fatuité du cheikh qui lui donnait la nausée. C'était sa façon de prononcer le mot « amoureuse ». Comme si c'était une maladie honteuse… Crispant et décrispant les poings, elle s'efforça de maîtriser le tremblement de sa voix.

— Qu'est-ce qui te fait dire ça ?

— Tu te languis de moi, je suppose. Ce qui en soi n'est pas inhabituel. Mais le fait que j'ai été ton premier amant a sans doute donné à cette nuit plus d'importance qu'elle ne le mérite. Je me trompe, Hannah ?

Elle déglutit péniblement. Comment avait-elle pu tomber dans les bras d'un homme d'une arrogance aussi effroyable ?

Tu le sais bien. C'est parce qu'il est irrésistible. Même en ce moment, alors qu'il te regarde de haut.

C'était affligeant, mais malgré cet accueil insultant elle était loin d'être insensible à son charme. En Sardaigne elle ne l'avait vu qu'habillé à l'occidentale. Jeans délavés et T-shirts, costumes impeccablement coupés, ou smoking lors de cette soirée fatidique. Aujourd'hui, il était vêtu d'une *dishdasha* de soie blanche qui couvrait son corps musclé jusqu'aux chevilles, et il était coiffé d'une *ghutra* assortie maintenue en place par un *agal* doré. Il avait fière allure. Et il avait l'air d'un étranger. *C'était* un étranger, se rappela-t-elle avec amertume. Un étranger dont l'enfant était en train de grandir dans son ventre.

— Je suis navrée de te décevoir, mais je ne me languis pas de toi.

— Non ? Alors pourquoi venir ici en secret ?

En secret ? Alors qu'une voiture l'attendait sur le tarmac à l'atterrissage de l'avion ? Mais si Kulal savait qu'elle venait ici, qui d'autre était au courant ? se demanda-t-elle tout à coup. Comment réagiraient ses employeurs s'ils apprenaient qu'une de leurs femmes de chambre avait pris l'avion pour rendre visite à un roi du désert pour lequel elle avait travaillé au Granchester de Sardaigne ? Nul doute que ce manque de professionnalisme lui vaudrait d'être renvoyée. L'estomac noué, elle demanda d'une voix étranglée :

— Comment… comment savais-tu que je serais sur ce vol ?

— Tu es vraiment naïve à ce point ? s'exclama Kulal. Mes services de sécurité vérifient toutes les listes de passagers et signalent les personnes qui méritent une attention particulière. Et naturellement, tu entrais dans cette catégorie. Une femme qui fait une demande de visa en urgence. Tu ne te doutais pas que ça risquait d'attirer l'attention des autorités ?

Il poussa un soupir impatient.

— D'autant plus que tu as posé des tas de questions sur les possibilités d'accès au palais. Des vérifications approfondies ont révélé que tu travailles pour le groupe Granchester et que j'ai récemment séjourné dans un de leurs hôtels.

Hannah fixait ses ongles, qu'elle avait souvent été tentée de ronger au cours des semaines précédentes. Ça ne pouvait plus attendre. Il fallait le dire maintenant. Elle leva les yeux et affronta le regard froid de Kulal, le cœur serré.

— Je suis enceinte.

Il la regarda pendant un moment en silence, le visage impénétrable. Puis il secoua la tête.

— C'est impossible. J'ai utilisé des préservatifs. J'en utilise toujours.

Avait-il ajouté cette dernière précision juste pour la blesser ? Pour lui rappeler qu'elle n'avait rien de spécial ? Qu'elle était juste une femme de plus à avoir succombé à son charme viril ? Hannah se mordit la lèvre. Sans doute. Mais elle n'était pas là pour défendre son amour-propre. Elle était là pour son bébé.

— Pourtant je suis enceinte. De toi, Kulal.

*
* *

Kulal fut saisi par une émotion violente. Non, c'était impossible. Et pourtant… Elle était là. Très calme. Si elle n'était pas enceinte, pourquoi aurait-elle sauté dans un avion pour le Zahristan sur un coup de tête ? Quelque chose lui disait que ce n'était pas du tout son genre. Il sentit son pouls s'accélérer. Comme lorsqu'il était sur le point de livrer une bataille. Sauf que la guerre ne l'avait jamais plongé dans une telle anxiété… Par réaction contre le doute qui s'emparait de lui, il passa à l'offensive.

— Tu es venue ici pour conclure un marché avec moi, Hannah ? Pour voir combien d'argent tu peux me soutirer ?

Elle tressaillit. Si elle était à Londres — si le père de son bébé était un homme *normal* — elle se serait levée de son fauteuil et elle aurait quitté la pièce en lui disant qu'elle discuterait avec lui quand il aurait retrouvé la raison. Mais elle n'était pas à Londres, et Kulal n'était pas un homme normal, malheureusement. Elle était coincée dans une chambre de palace dans son pays à lui, à des milliers de kilomètres de chez elle et de son univers familier. Il faisait un froid glacial à cause de la climatisation et par la fenêtre on apercevait un dôme doré qui étincelait au soleil. La vue ne pouvait pas être plus différente de celle qu'elle avait de sa chambre meublée. Mais l'étrangeté et la somptuosité du lieu ne devaient pas la détourner du but de sa visite.

— Non, je ne suis pas venue pour négocier avec toi, répliqua-t-elle d'un ton posé. Ni pour être traitée comme une aventurière qui ne pense qu'à l'argent.

— Vraiment ? Alors que veux-tu ?

N'était-ce pas évident ? L'informer de sa paternité n'était-elle pas la moindre des choses ? À moins que ce sujet ne soit exagérément sensible pour elle en raison de son histoire personnelle ? Elle plongea son regard dans le regard dur et froid de Kulal.

— Parce que je voulais te donner la possibilité de t'impliquer dans la vie de ton bébé.

— À quel titre ?

Comment pouvait-il être aussi indifférent ? Elle eut subitement envie de prendre une petite boîte dorée posée sur une table et de la lancer contre le mur. Pour casser quelque chose. Par défi et par rébellion. Mais pas question de faire une scène. Elle allait continuer à se comporter avec une dignité qui formerait autour d'elle et de son bébé une bulle apaisante et protectrice.

— Je n'ai pas poussé la réflexion aussi loin. J'ai juste pensé que tu avais le droit d'en être informé avant tout le monde. C'est pour ça que je suis venue.

De plus en plus sensible à la climatisation, elle tenta en vain de réprimer un frisson.

— Si j'avais pu, j'aurais téléphoné mais, comme tu le sais aussi bien que moi, tu n'as pas laissé de numéro.

Devant la soudaine pâleur de Hannah, Kulal fut pris de remords. Il se dirigea vers une table marquetée sur laquelle étaient posés des verres et des bouteilles. Il servit un grand verre de sirop de canneberge et d'hibiscus et le lui tendit. Alors que leurs doigts se touchaient il fut de nouveau saisi par une émotion violente.

Elle était enceinte.

De lui.

Peu importait qu'il n'ait jamais eu envie d'avoir un enfant. Peu importait qu'il ait parfois envie de céder le trône à son cousin plutôt que de se condamner à une vie de famille. Le genre de vie qu'il avait soigneusement évité jusque-là à cause de son enfance tourmentée. Aujourd'hui, même son goût immodéré de l'indépendance passait au second plan. Parce que cette nouvelle changeait tout. Et il fallait réfléchir sérieusement à la suite.

Très sérieusement.

Il regarda Hannah. Elle avait les traits tirés.

— La journée a été longue et tu sembles épuisée. Pourquoi n'irais-tu pas te rafraîchir ?

Elle posa le verre encore à moitié plein et lui lança un regard soupçonneux.

— Que suggères-tu, exactement ?

Il réprima un mouvement d'irritation. Que s'imaginait-elle ? Qu'il voulait qu'elle se pomponne parce qu'il avait l'intention de coucher avec elle ? Alors que sa vie était sur le point de changer radicalement et qu'elle était la cause de ce bouleversement ? Mais il ressentait aussi autre chose que de l'irritation. Quoi d'autre ? Il ne parvenait pas à identifier ce sentiment diffus… Son estomac se noua. Était-ce de la peur ? Il était pourtant réputé pour sa bravoure. Même adolescent, quand il avait fugué pour s'enrôler dans l'armée du Zahristan pendant la guerre contre le Quzabar. Son père était entré dans une colère folle quand il en était revenu avec son horrible cicatrice. Il avait eu de la chance de ne pas y rester, avait tempêté son père. Mais le fait d'avoir frôlé la mort ne l'avait pas perturbé. Avant même d'avoir quitté le palais pour partir au combat, il avait eu un aperçu de la fragilité de la vie.

— Je suggère juste que tu as peut-être envie de te changer, et de te reposer, avant que nous dînions.

Elle laissa échapper un rire sans joie.

— Tu penses vraiment que j'ai envie de dîner avec toi, Kulal ?

— Non. Je pense que nous nous retrouvons contre notre gré dans une situation qui va nous obliger l'un et l'autre à prendre des décisions pas particulièrement agréables.

— Je garde mon bébé ! s'exclama-t-elle avec feu.

Il se raidit et inspira profondément.

— Comment oses-tu insinuer que je pourrais souhaiter le contraire ? répliqua-t-il d'un ton cinglant.

Sa colère aurait effrayé n'importe lequel de ses sujets, mais elle n'avait visiblement aucun effet sur Hannah.

Le regard étincelant, le menton relevé, elle le regardait d'un air de défi !

— Je préfère t'en informer dès le départ afin qu'il n'y ait aucun risque de malentendu. Et je ne vois pas l'utilité de dîner ensemble.

— Vraiment ? Il faut que tu manges et il faut que nous discutions. Pourquoi ne pas faire d'une pierre deux coups ?

— J'estime de mon devoir de te signaler — au cas où il te viendrait à l'idée de me faire disparaître afin qu'on n'entende plus jamais parler de moi — que ma sœur sait exactement où je me trouve.

Ce commentaire était si outrageant que Kulal faillit sourire. Mais il se ressaisit aussitôt. La situation était encore plus grave que prévu. Hannah Wilson n'était pas aussi docile qu'il l'avait cru…

— Disons 20 heures, d'accord ? Et ne me fais pas attendre, s'il te plaît.

6.

Prête à ouvrir au cheikh à 20 heures précises, Hannah se jeta un dernier coup d'œil dans le miroir, puis elle le regretta aussitôt. Aujourd'hui, c'était le revers du conte de fées. C'était la réalité. La dernière fois qu'elle avait passé la soirée avec Kulal, elle avait été métamorphosée par un coup de baguette magique, ou plutôt par les conseils d'une styliste. Avec ses bijoux précieux et sa robe haute couture, elle avait eu l'allure d'une femme digne d'apparaître publiquement au côté d'un roi. Plus aujourd'hui. Suite aux fréquentes nausées des premières semaines de grossesse, elle avait les traits tirés et le teint blafard. Sa robe paraissait bon marché — parce qu'elle l'était —, ses seins étaient horriblement lourds, et elle allait être obligée de dîner dans un restaurant chic avec un homme qui n'avait jamais eu l'intention de la revoir. Mais surtout…

Kulal n'avait pas eu une seule parole positive au sujet du bébé.

Il n'avait rien dit de ce qu'elle espérait secrètement tout en songeant qu'il était ridicule d'attendre quoi que ce soit d'un homme comme lui. Il ne lui avait pas assuré que, bien que n'ayant pas prévu de devenir père dans un avenir proche, il assumerait ses responsabilités. Et il avait encore moins manifesté de la joie ou de la fierté. Il s'était contenté de l'étudier froidement, comme si elle n'était plus une femme mais un désagrément qui venait de surgir dans sa vie. Il l'avait installée dans une suite à l'hôtel Palais Royal. Il fallait reconnaître que c'était la suite la plus grande et la plus luxueuse qu'elle ait jamais vue, mais elle se sentait particulièrement insignifiante dans ce décor d'un raffinement extrême. Quand elle s'était réveillée de sa sieste agitée, elle avait erré de pièce en pièce en se demandant avec anxiété ce qui l'attendait.

Des coups impérieux frappés à la porte l'arrachèrent à ses pensées. Kulal s'était changé lui aussi, il portait une *dishdasha* vert bronze. Elle était sur le point de lui dire qu'elle n'était pas sûre de pouvoir affronter un dîner dans un restaurant chic quand elle remarqua derrière lui deux employés de l'hôtel qui arrivaient avec un grand chariot chargé de plats en argent recouverts par des cloches.

— J'ai pensé que nous pouvions dîner ici, annonça-t-il en pénétrant dans la pièce sans attendre d'y être invité.

Alors que les serveurs le suivaient avec le chariot elle ouvrit la bouche pour protester contre cette attitude cavalière. Puis elle se ravisa. À quoi bon ? Tandis qu'un serveur dressait la table située dans une alcôve, l'autre souleva deux couvercles d'un air triomphant. Malgré l'odeur alléchante du riz à la grenade et des légumes aux noix, elle n'était pas d'humeur à apprécier un dîner fin. Dès qu'ils furent seuls, elle se tourna vers Kulal sans prendre la peine de masquer son irritation.

— Pourquoi dînons-nous ici ? Parce que tu as honte d'être vu avec moi ?

— Une apparition publique ne servirait qu'à aggraver la situation. Je n'ai pas particulièrement envie que des journalistes nous voient ensemble. Pas à ce stade. Assieds-toi, Hannah. Il faut que tu manges quelque chose. Maintenant. Avant que nous discutions. Avant que tu tournes de l'œil, parce que ça n'arrangerait rien.

Elle réprima l'envie de se rebeller contre le ton autoritaire de Kulal. Pour le bien de son bébé, elle n'avait pas d'autre choix que d'obtempérer. Elle s'assit à la table recouverte d'une nappe en lin. Comme il se devait, les couverts étaient en argent et les verres en cristal. Elle commença à manger avec l'enthousiasme d'un enfant obligé de finir son assiette à la cantine. Ce fut seulement lorsqu'elle reposa sa fourchette qu'elle s'aperçut que Kulal avait à peine touché à son assiette.

— Et toi, tu ne manges pas ?

— Je n'ai pas faim. J'ai du travail à faire après le dîner et manger risque de me donner envie de dormir.

Au moins c'était clair. Il n'avait pas prévu de s'attarder auprès d'elle. Pas de sexe au programme... À sa grande consternation, Hannah se sentit rejetée et elle en fut beaucoup plus blessée qu'elle ne s'y attendait. Regrettait-il d'avoir couché avec elle ? Sans doute. Si elle était à sa place, ne réagirait-elle pas de la même façon ? Elle plia soigneusement sa serviette — comme elle l'avait vu faire par d'innombrables clients du Granchester —, puis elle la posa sur la table. Cependant, le premier vrai repas qu'elle venait de faire depuis des jours l'avait revigorée. S'efforçant de rester insensible au regard étincelant de Kulal, elle se cala dans son siège.

— Eh bien ?

— Eh bien ? répéta-t-il en arquant les sourcils.

Il semblait circonspect. Comme s'il attendait qu'elle formule ses exigences. Sans doute pensait-il qu'elle voulait de l'argent ou un titre ou quelque chose du même genre. Mais elle était juste venue lui annoncer qu'il allait devenir père. Le reste, c'était à lui d'en décider. Il y avait cependant un point positif dans son attitude vis-à-vis d'elle...

— Je suppose que je dois t'être reconnaissante de ne pas avoir demandé un test de paternité.

Il haussa les épaules.

— J'y ai pensé. J'ai hésité à demander au médecin du palais de m'accompagner ce soir pour faire un prélèvement.

— Mais tu y as renoncé ?

— Oui.

— Puis-je savoir pourquoi ?

— Je me suis dit qu'il était peu probable qu'une femme

ayant attendu d'avoir vingt-cinq ans pour prendre son premier amant en prenne un deuxième dans la foulée.

— Pourtant, tu n'y as fait aucune allusion sur le moment.

— À ta virginité, tu veux dire ?

Elle sentit ses joues s'enflammer, et pour se donner une contenance elle but une gorgée de la boisson sucrée acidulée de couleur rose qu'elle n'avait goûtée nulle part ailleurs.

— Qu'étais-je censée faire ? Pousser des exclamations de joie ?

Il eut un sourire moqueur.

— Ou peut-être t'attendais-tu à ce que je sois contrarié ? À ce que je te demande pourquoi tu avais attendu aussi longtemps pour découvrir le sexe et pourquoi tu ne m'avais pas prévenu ? Ça ne me regardait pas, et puis tu n'es pas la première vierge avec qui j'ai couché.

Hannah eut un pincement au cœur, à sa grande irritation. Comment pouvait-elle être blessée par les propos d'un homme qui n'avait jamais rien voulu d'autre avec elle qu'une aventure sans lendemain ? Il fallait absolument qu'elle se ressaisisse.

— De toute façon, ça n'a rien à voir avec le sujet…

— Qui est ?

— J'ai besoin de savoir quelle place tu souhaites occuper dans la vie du bébé. Si tu souhaites en occuper une, bien sûr. Pour savoir comment nous allons nous organiser.

Il passa le doigt sur le bord de son verre en cristal avant de plonger dans le sien un regard froid.

— Et toi, que souhaites-tu ? Que je t'épouse et que je fasse de toi ma reine ? C'est ça, ton rêve secret ?

Malgré une furieuse envie de lui dire ce qu'elle pensait de son arrogance, elle parvint à garder son calme et à demander d'un ton posé :

— Tu penses que je dirais oui si tu me le proposais ?

À son immense satisfaction, il fut visiblement désarçonné.

— Tu veux dire que tu refuserais ?

Elle sentit sa détermination à rester calme l'abandonner.

— Et comment ! Je ne te connais pas vraiment, et je ne suis même pas certaine d'éprouver de la sympathie pour toi. Nous avons probablement des aspirations très différentes. Pourquoi t'épouserais-je ? J'ai assez d'expérience pour savoir que si les deux partenaires ne poursuivent pas un but commun, le mariage a toutes les chances d'être un désastre absolu.

Kulal se figea sur son siège. Ce qu'elle venait de dire, c'était exactement ce qu'il pensait lui-même… Aurait-elle deviné la vérité sur son enfance ? Si elle avait recueilli les rares informations disponibles, était-il possible qu'elle en ait tiré des conclusions ? Et qu'elle ait décidé de les utiliser pour marquer des points le moment venu ? Il inspira profondément. Non. Les problèmes de ses parents étaient restés secrets. À l'époque, la presse n'était pas libre de se faire l'écho de rumeurs. Même la vérité sur la mort de sa mère avait été camouflée. Kulal déglutit péniblement. Puis, désireux de chasser de son esprit les souvenirs douloureux qui l'assaillaient, il fit une chose tout à fait inhabituelle. Il questionna Hannah sur son passé.

— Tes parents n'étaient pas heureux ?

— Non.

— Et où sont-ils aujourd'hui ? Vont-ils faire une apparition théâtrale et exiger que je me conduise honorablement envers toi ?

— Je n'avais pas de parents, répliqua-t-elle d'un ton crispé.

— Tu devais bien…

— Oh ! il y a eu deux personnes qui m'ont conçue.

Mais je ne les ai pas connues. Ou du moins, je ne me souviens pas d'elles.

En principe, c'était le moment de la conversation où Kulal commençait à s'ennuyer et à se méfier. Il avait appris à ses dépens que plus on laissait une femme parler d'elle, plus ça lui donnait le sentiment d'être importante. Ce qui la conduisait inévitablement à se faire des illusions. Cependant, aujourd'hui, la situation était différente. Hannah n'était pas une maîtresse quelconque qui serait bientôt éjectée de sa vie avec diplomatie. S'il voulait être présent dans la vie de son enfant, Hannah allait être présente dans la sienne pendant très longtemps…

Il crispa la mâchoire. Quelle ironie ! Son avenir était désormais lié à une femme avec laquelle il n'avait passé qu'une seule nuit. Une femme qui n'avait aucune des qualités requises pour être la mère de son enfant. Cependant, ce dernier hériterait de leurs gènes à tous le deux ainsi que de ceux de leurs aïeux respectifs. N'était-il donc pas de son devoir de recueillir sur elle et sur sa famille le plus de renseignements possible ? Parce qu'il n'était pas impossible qu'un jour ces informations puissent se révéler utiles.

Il regarda Hannah. Son air de défi avait disparu et une certaine vulnérabilité adoucissait ses traits. Contre toute attente, il fut assailli par des souvenirs de la nuit qu'ils avaient passée ensemble. Ses lèvres roses qui frémissaient à chacun de ses baisers. Les ondes qui la parcouraient pendant de longues minutes à chaque fois qu'il la comblait de plaisir. La façon dont elle s'était blottie dans ses bras comme un petit chaton juste avant de s'endormir.

— Que s'est-il passé avec tes parents ? demanda-t-il, conscient que sa voix s'était adoucie. Tu veux m'en parler ?

Hannah déglutit péniblement. Non. C'était la dernière chose qu'elle voulait. Il semblait vouloir garder le secret sur leur aventure et sur tout le reste, mais il ne fallait pas se faire d'illusions. Ça ne pourrait pas durer éternellement. Si la nouvelle de son aventure avec le cheikh commençait à se répandre, nul doute que les médias fouilleraient dans son passé et déterreraient des tas d'horreurs. Et elle aurait l'image d'une victime, ce qu'elle cherchait à éviter à tout prix depuis toujours. Mieux valait donc prendre l'initiative et informer Kulal elle-même.

— J'ai été élevée dans une famille d'accueil. Avec ma sœur.

— Une famille d'accueil ?

— Oui, c'est ce qui arrive aux enfants dont les parents ne peuvent pas — ou ne veulent pas — s'occuper.

— À quelle catégorie appartenaient les tiens ?

Elle haussa les épaules.

— Je ne sais pas grand-chose sur eux. Juste ce qu'on m'a dit quand j'ai été assez grande pour comprendre la situation. Ma mère a été mise à la porte par ses parents quand elle avait dix-sept ans.

Elle fit une pause. Si elle lui disait pourquoi, allait-il paniquer ? Allait-il craindre que son enfant n'hérite de certains traits de caractère fâcheux ? Mais s'il paniquait, tant pis. Elle ne pouvait rien changer aux faits. Et elle ne pouvait rien non plus contre la façon dont Kulal choisirait de les interpréter.

— Elle se droguait.

— Ta mère était une junkie ? s'exclama-t-il d'un air horrifié.

Hannah pinça les lèvres. C'était curieux comme on pouvait rester loyal envers quelqu'un qui ne vous avait pas désirée.

— Elle ne se piquait pas, précisa-t-elle comme si ça enlevait tout caractère de gravité au problème.

Les enfants étaient-ils conditionnés pour ne jamais perdre l'espoir qu'un jour leurs parents les aimeraient ? Sa main se posa d'elle-même sur son ventre, et elle constata que Kulal l'étudiait attentivement.

— Mais elle prenait à peu près tout ce qui se présentait. Mon père était un riche étudiant de New York qui appréciait le même genre de… passe-temps. La grossesse n'était pas planifiée, bien sûr. Apparemment, ma mère voulait se marier. Mais les parents de mon père sont arrivés des États-Unis pour le ramener chez eux et le faire entrer dans un centre de désintoxication. Et ils ont donné un très gros chèque à ma mère en lui disant que si elle l'encaissait ils ne voulaient plus jamais la revoir.

— Et ? demanda Kulal dans le silence qui suivit.

Elle haussa les épaules.

— C'était une solution satisfaisante pour elle, je suppose. Jusqu'à ce qu'elle ait dépensé tout l'argent. Elle a loué un appartement beaucoup trop cher pour quelqu'un sans rentrées d'argent régulières. Mais dans le milieu où elle évoluait elle est soudain devenue quelqu'un d'intéressant. Tant qu'elle avait de l'argent. Et elle est tombée enceinte de ma sœur.

— Tu veux dire que ton père est revenu des États-Unis ?

Elle eut un petit rire sans joie.

— Non, pas du tout. Ma sœur et moi nous n'avons pas le même père.

— Je vois. Donc vous n'êtes pas vraiment sœurs. Juste demi-sœurs.

— Tamsyn et moi nous sommes aussi proches que deux sœurs peuvent l'être ! protesta-t-elle avec feu. Et je ferais n'importe quoi pour elle, tu entends ? *N'importe quoi.*

Kulal hocha la tête.

— Dis-moi ce qui vous est arrivé à toutes les deux.

Elle avait été irritée par son commentaire, et pourtant elle avait envie de continuer son récit, constata-t-elle. Était-ce parce qu'elle ne parlait jamais de son passé ? Aujourd'hui, tout raconter au père de son enfant se révélait étrangement libérateur.

— Les services sociaux sont intervenus et nous ont placées dans un foyer en essayant de nous trouver une famille d'accueil le plus rapidement possible.

— Et ils en ont trouvé une ?

Hannah haussa les épaules et but une nouvelle gorgée de sirop. Oui, on leur avait trouvé une famille d'accueil. Toutes les cases du formulaire avaient été cochées par l'assistante sociale et tout le monde avait été satisfait. Deux petites filles délaissées avaient enfin un foyer stable. Mais la réalité n'avait pas été si rose. Comment expliquer à un homme comme Kulal qu'une situation qui paraissait normale vue de l'extérieur n'avait rien de normal quand on la vivait ?

— Nous avions un toit au-dessus de nos têtes et des lits où dormir.

Il plissa les yeux.

— Vous n'étiez pas heureuses ?

Elle hésita, puis elle demanda d'un ton délibérément enjoué :

— Le bonheur est surfait, tu ne trouves pas ? On perd beaucoup de temps à le chercher et une fois qu'on l'a trouvé il ne dure pas. Mon père d'accueil dépensait la plus grande partie de son argent au jeu ou au restaurant, pour des dîners bien arrosés avec sa maîtresse du moment.

Kulal se raidit et ses yeux devinrent si noirs que leur éclat habituel disparut.

— Je pense que beaucoup de gens ont l'expérience d'un père volage.

Elle cilla. Parlait-il de lui ?

— Tu veux dire que ton…

— C'est ton histoire, coupa-t-il d'un ton brusque. Pas la mienne.

Elle hocha la tête.

— Ma mère d'accueil était le genre de femme qui faisait comme si tout allait bien, alors que par moments il y avait tout juste assez d'argent pour acheter à manger. Elle aimait faire bonne figure devant les voisins, si bien que j'étais obligée d'avoir recours à des méthodes douteuses pour nous assurer nos repas à Tamsyn et à moi.

Le plus souvent je me servais dans les bennes contenant les produits jetés par les supermarchés.

Kulal eut un mouvement de recul.

— Pourquoi n'as-tu pas prévenu les services sociaux ? Et demandé à être envoyée dans une autre famille ?

— Parce que Tamsyn avait des problèmes et qu'elle était une enfant difficile ! s'exclama Hannah, submergée par toutes les émotions qu'elle refoulait depuis des semaines. Son départ dans la vie avait été très difficile — bien plus que le mien —, et elle se comportait en conséquence. S'occuper d'elle n'était pas à la portée de n'importe qui. Et je savais que si je me plaignais nous serions séparées.

Elle repoussa sa chaise et se leva, les jambes tremblantes.

— Et ça, c'était une idée insupportable !

Kulal se leva et se dirigea vers elle en indiquant la chaise qu'elle venait de quitter.

— S'il te plaît, assieds-toi, Hannah. Je ne voulais pas te perturber avec mes questions.

— Je ne veux pas m'asseoir ! Je veux…

Sa voix s'éteignit. Pourquoi avait-elle raconté tout ça à Kulal ? Elle lui en avait beaucoup trop dit. Refoulant les larmes qui lui brouillaient la vue, elle se tourna vers la fenêtre.

— Je crois savoir ce dont tu as besoin, Hannah.

La voix profonde de Kulal, teintée de cet accent si caractéristique, lui rappela la nuit qu'elle avait passée avec lui. Cette nuit inoubliable pendant laquelle il lui avait murmuré des mots dans une langue qu'elle ne comprenait pas mais dont la mélodie avait suffi à l'enchanter. Parce que dans ses bras elle s'était sentie femme pour la première fois de sa vie. Était-ce pour cette raison qu'aujourd'hui encore sa voix faisait courir de délicieux frissons le long de son épine dorsale ? Que les pointes de ses seins se hérissaient et qu'elle mourait d'envie de sentir ses doigts les caresser, ses lèvres les aspirer ?

Elle inspira profondément. Ce n'était pas le moment de se laisser gagner par le trouble. Et encore moins de devenir sentimentale. Il fallait lutter contre le désir qui montait en elle. Même si elle mourait d'envie qu'il la prenne dans ses bras pour la réconforter. Qu'il lui dise que tout allait bien se passer.

— Vraiment ? demanda-t-elle sans se retourner.

— Oui. Une solution qui serait bonne pour tout le monde.

— Une solution ? répéta-t-elle, dubitative.

Mais une lueur d'espoir la poussa à se retourner.

— Une solution qui limiterait les dégâts causés par cet événement imprévu.

« Qui limiterait les dégâts ». Ce n'étaient pas les paroles de quelqu'un désireux d'apaiser un cœur meurtri... S'efforçant de prendre une voix dénuée de la moindre émotion, elle regarda Kulal droit dans les yeux.

— Qu'as-tu en tête, exactement ?

Chose rare, Kulal hésita avant de répondre. Ce qu'il avait à dire à Hannah allait lui causer un choc. Mais quelle autre solution avaient-ils ? Il n'avait pas souhaité devenir père mais, puisqu'il n'avait plus le choix, il devait prendre le contrôle de la situation. Qu'il se conduise honorablement, comme il l'avait fait toute sa vie. Et pour cela, il n'y avait qu'une seule chose à faire.

— Tu m'as dit que ta mère avait reçu un chèque destiné à lui simplifier la vie et qu'elle avait dilapidé cet argent en vivant au-dessus de ses moyens.

— C'est exact.

— Et si je te versais une somme qui te mettrait à l'abri du besoin jusqu'à la fin de tes jours ?

— Tu parles de beaucoup d'argent, commenta-t-elle d'un ton circonspect.

— Absolument.

— Et que devrais-je faire en échange ?

Le tremblement de la voix de Hannah était nettement perceptible.

— Je pense que tu le sais aussi bien que moi, répliqua-t-il d'une voix presque douce. Tu devrais faire la seule chose raisonnable. Me donner l'enfant pour qu'il soit élevé comme mon héritier.

— Te… te donner l'enfant ?

Il hocha la tête.

— En l'absence de tout autre héritier, tout ce que je possède lui reviendrait. Mes terres, ma couronne et mon royaume. Confie-moi ton bébé et je te promets de faire tout ce qui est en mon pouvoir pour qu'il ou elle ne manque jamais de rien. Il ou elle deviendra un membre de la famille royale, avec tous les avantages que ça suppose, au lieu d'être constamment tiraillé entre deux cultures.

Il fit une pause avant d'ajouter, le visage dur :

— Entre deux personnes qui sont pratiquement des étrangères l'une pour l'autre.

Hannah se réjouit secrètement de la colère qui avait commencé à bouillonner en elle, étouffant ses autres émotions. La colère rendait plus fort. Contrairement à la souffrance, à la peur ou au désir. Si elle était plus robuste, elle se précipiterait peut-être sur Kulal pour le gifler, encore et encore. Mais à quoi bon ? Ses coups ne lui feraient aucun effet et elle ne parviendrait qu'à s'humilier elle-même…

Au lieu de suivre cette impulsion, elle fit appel à toute la force intérieure qu'elle avait cultivée au fil des années et qui l'avait si souvent aidée à survivre dans le passé. Et soudain il devint très facile de regarder cette bouche cruelle sans se rappeler ses baisers. Et encore plus facile de prendre un ton méprisant.

— Je ne vais pas m'abaisser à répondre à cette proposition insultante. Je vais rentrer en Angleterre, où je continuerai à travailler pour élever mon enfant seule, comme le font des tas d'autres femmes. Et toi, tu peux aller au diable, Kulal.

7.

— Il n'a pas dit *ça* ! ? Allons, Hannah, tu exagères !

Hannah secoua la tête avec lassitude.

— Non, Tamsyn. Malheureusement, c'est la vérité.

— Il t'a offert *d'acheter ton bébé* ?

— Il ne l'a pas formulé aussi brutalement, mais c'était l'idée, oui.

Hannah haussa les épaules.

— Je n'aurais peut-être pas dû te le dire.

— Au contraire ! s'exclama Tamsyn. J'ai bien envie de contacter les médias pour leur expliquer quel genre d'homme il est réellement. C'est outrageant ! C'est barbare ! C'est…

— Si tu fais ça, ou si tu en parles à quelqu'un sans ma permission, je ne t'adresserai plus jamais la parole.

Tamsyn secoua la tête et ses épaisses boucles cuivrées ondulèrent dans son dos.

— Je ne comprends pas. Tu restes loyale envers lui ? Ce roi sans cœur ? La dernière personne qui mérite ta loyauté ?

— J'essaie de faire ce qu'il y a de mieux pour mon bébé, répliqua Hannah au moment où la bouilloire se mit à siffler.

Elle prit deux mugs dans le placard et mit un sachet de thé à la menthe dans chacun des deux.

— Exercer ma vengeance contre son père ne me paraît pas la meilleure chose à faire.

— Il n'a pas essayé de te retenir quand tu lui as dit que tu partais ?

— Si. Il a fait machine arrière et il a reconnu qu'il n'aurait jamais dû dire ça. Mais pour moi le mal était fait. Je lui ai dit que je n'avais pas l'intention de changer d'avis et que je rentrais en Angleterre par le premier vol. Alors il a insisté pour mettre un de ses jets privés à ma disposition.

— Mais tu as refusé, je suppose ?

Hannah prit la bouilloire et versa de l'eau sur les sachets de thé. C'était ce qu'elle voulait faire, mais elle était bouleversée par ce qui s'était passé et épuisée physiquement. Elle s'était dit qu'un tel stress devait être mauvais pour le bébé. La perspective de pouvoir dormir dans un vrai lit dans le jet du cheikh au lieu d'être recroquevillée sur un siège trop petit entre deux autres passagers avait été trop tentante. Malgré tout, son esprit de rébellion avait refait surface, et avant d'accepter elle avait lancé au cheikh d'un ton sarcastique :

— Mais que vont penser les gens en voyant qu'une femme de chambre anglaise utilise le jet privé du roi ?

— Je me moque de ce que pensent les gens, avait-il répliqué d'un ton brusque. Je veux juste faire ce qu'il y a de mieux pour toi.

Elle avait eu un rire amer.

— Tu ne crois pas que c'est un peu raté, Kulal ?

Il avait tressailli et elle avait tenté de se réjouir de son embarras. Mais elle était trop malheureuse pour ce faire. Elle était si abattue qu'elle n'avait même pas eu la force de refuser de monter dans la limousine qui l'attendait à Londres et qui l'avait ramenée chez elle. Sortir dans le vent glacé du mois d'octobre après son bref séjour au Zahristan avait été saisissant, mais, dès qu'elle s'était retrouvée dans sa chambre dans la partie du Granchester destinée aux employés, elle avait enfin pu prendre véritablement du repos. Elle avait dormi pendant douze heures et elle s'était réveillée pleine de résolution avant d'engloutir un énorme petit déjeuner.

Elle s'était dit qu'il valait mieux garder le silence sur sa visite désastreuse au Zahristan, mais la force de l'habitude l'avait poussée à envoyer un texto à Tamsyn pour lui dire qu'elle était rentrée. Et quand sa sœur était arrivée en courant, elle lui avait tout raconté. Parce qu'elles s'étaient toujours tout dit… Et parce qu'elle avait eu le sentiment qu'elle allait exploser si elle n'en parlait pas à quelqu'un.

— Alors où en es-tu restée avec cette ordure ? demanda Tamsyn après avoir bu une gorgée de thé à la menthe.

On n'abandonnait jamais son rôle de grande sœur, songea Hannah en lui lançant un regard réprobateur.

— Ne dis pas ça, s'il te plaît. Il s'appelle Kulal et je refuse de commencer à l'injurier.

— Mais il…

— Il ne s'est sans doute pas encore remis du choc qu'il a reçu en apprenant que j'étais enceinte. Et quand ils sont perturbés les gens ont des réactions bizarres.

— Hannah, pourquoi faut-il toujours que tu sois aussi *gentille* ?

— Je ne suis pas gentille. J'essaie juste d'être pragmatique. Kulal est le père de mon bébé et, même s'il ne veut plus jamais nous revoir, je ne vais pas élever cet enfant dans la haine de son père.

— Alors tu vas lui mentir ? Comme tu m'as menti ?

Hannah eut un pincement au cœur. Le passé avait tendance à revenir vous hanter quand on s'y attendait le moins. Ou quand on était le moins armée pour l'affronter.

— Je ne t'ai jamais menti, Tamsyn. J'essayais juste de te présenter la réalité sous son jour le moins pénible. Et c'est ce que je vais faire aussi avec mon bébé. Quand la question se présentera, je lui dirai simplement que j'ai été envoûtée par un homme fascinant. Ce qui est vrai.

— Mais les mots ne payeront pas les factures. Comment vas-tu t'en sortir, Hannah ? Tu crois vraiment que tu vas pouvoir vivre en tant que mère célibataire avec ton salaire de femme de chambre ?

— Des tas de femmes le font.

— Et tu n'oublies pas un détail ? Je croyais que les employées de Granchester n'avaient pas le droit de coucher avec les clients. Et si quelqu'un apprend la vérité ?

— Personne ne l'apprendra, répondit Hannah en affichant une assurance qu'elle était loin de ressentir.

Elle s'apprêtait à boire une gorgée de thé quand son téléphone sonna. Quand elle vit le numéro de l'appelant, son cœur fit un bond dans sa poitrine. Elle prit l'appel puis, après avoir raccroché, regarda Tamsyn, l'estomac noué.

— C'était la DRH. Ils veulent me voir immédiatement.

Kulal frappa à une porte identique à toutes celles qui se trouvaient de chaque côté de l'étroit couloir et fut pris de court quand elle s'ouvrit sur une petite rousse, qui écarquilla les yeux et s'exclama en crispant les poings :

— Espèce d'ordure ! Comment osez-vous ?

Il crut qu'elle allait le frapper et il se demanda s'il fallait appeler la garde du corps qu'il avait eu la présence d'esprit d'amener et qui se tenait un peu plus loin dans le couloir. Mais avant qu'il ait le temps de se décider, Hannah apparut derrière la furie.

— Tamsyn, ce genre de réaction ne va rien arranger, déclara-t-elle d'une voix calme qui manquait de naturel.

La petite rousse ne bougea pas.

— Tu crois ça ?

— Absolument. Et maintenant, j'aimerais que tu rentres chez toi parce qu'il faut que je parle à Kulal.

— Tu crois que je vais te laisser seule ? Avec lui ?

Devinant qui était cette furie, Kulal prit enfin la parole.

— Et si je vous donne ma parole que je ne veux que le bien de votre sœur ?

La jeune femme rousse darda sur lui un regard émeraude très différent de celui des yeux aigue-marine de Hannah.

— Je ne vous fais aucune confiance et je ne bouge pas d'ici !

Mais quelques minutes plus tard, après que Hannah lui eut répété plusieurs fois qu'elle l'appellerait quand « il » serait parti, Tamsyn Wilson s'en alla en secouant furieusement ses boucles rousses.

Kulal observa Hannah. Elle était pâle et la colère se lisait dans ses yeux, mais elle avait un air digne. Il y avait dans son attitude quelque chose qui ressemblait à de la noblesse. Et cela lui donnait envie de la prendre dans ses bras pour la réconforter. Mais son instinct lui disait qu'il ne valait mieux pas… Elle ne semblait pas particulièrement surprise de le voir. Plutôt résignée. Rien dans son expression n'indiquait qu'elle était heureuse de le voir. Or il n'avait pas l'habitude de recevoir un accueil aussi tiède.

— Bonjour, Hannah.

Hannah prit son temps avant de répondre. C'était très étrange de voir le cheikh du Zahristan sur le seuil de sa modeste chambre, même si aujourd'hui il ne portait ni la *dishdasha* ni la *ghutra* qui lui donnaient un air si imposant lors de leur dernière rencontre. Vêtu d'un costume de coupe impeccable, il ne ressemblait plus à un roi, mais il était toujours aussi séduisant. Hannah tentait de se persuader que les battements sourds de son cœur étaient dus à l'appréhension, mais elle savait que ce n'était pas entièrement vrai. Parce que les pointes de ses seins se hérissaient et qu'une douce chaleur se lovait au creux de ses reins. Comment pouvait-elle être attirée par un homme qui la traitait comme un objet encombrant dont il fallait se débarrasser à tout prix ?

Elle releva le menton.

— Que fais-tu ici, Kulal ?

— Tu ne crois pas que nous avons besoin de discuter ?

— Je pensais que nous nous étions tout dits.

— S'il te plaît, Hannah.

« S'il te plaît » ? C'était un mot qu'il ne devait pas utiliser souvent…

— Tu ferais mieux d'entrer, dit-elle de mauvaise grâce avant de lui tourner le dos.

— Merci, répliqua-t-il en la suivant à l'intérieur de la petite pièce après avoir fermé la porte derrière lui.

— Ne me remercie pas. Je n'ai pas particulièrement envie de te faire entrer. Mais je ne veux pas avoir une discussion orageuse dans le couloir, où mes collègues pourraient nous entendre. Mais il est vrai que ce ne sont plus mes collègues, puisque je ne fais plus partie du personnel. Je viens d'être licenciée. Et, apparemment, c'est à toi que je le dois.

Le calme qu'elle s'efforçait de conserver menaça de s'évaporer. Dire que jusque-là elle avait toujours été considérée comme une employée aussi irréprochable qu'efficace… À présent sa réputation était entachée et son avenir professionnel compromis à cause des manœuvres perfides du cheikh !

— Tu ne pouvais pas accepter que je refuse ton offre insultante de m'acheter mon bébé, n'est-ce pas ? Alors le roi a décidé qu'il devait tenter d'arriver à ses fins, quels que soient les moyens à employer. C'est pour ça que tu as appelé le propriétaire du groupe Granchester, qui se trouve être un *copain à toi* ? Je n'arrive pas à croire que tu as téléphoné à Zac Constantinides pour lui dire que tu avais couché avec moi. La directrice de ressources humaines tremblait littéralement de rage !

— Je ne voyais pas d'autre solution, répliqua Kulal le plus naturellement du monde. Tu avais été très claire sur ton intention de continuer à travailler comme femme de chambre et ça, c'était hors de question.

— Pourquoi ?

***

— Pourquoi ?

Kulal promena un regard consterné sur la chambre minuscule.

— Parce que tu portes mon enfant ! Un enfant qui sera prince ou princesse du Zahristan. Qu'est-ce que tu croyais, Hannah ? Que tu allais continuer à faire les lits et le ménage jusqu'à ce que tu n'arrives plus à bouger normalement ? Et ensuite ? Tu avais prévu d'installer le bébé ici dans un berceau pendant que tu recommencerais à travailler ?

— Je me serais débrouillée. Je me suis toujours débrouillée.

Kulal faillit faire remarquer à Hannah qu'elle se débrouillait tout juste mais il se ravisa. Elle faisait tout son possible pour cacher sa peur, mais celle-ci se voyait dans son regard.

— Quand le bébé doit-il arriver ? demanda-t-il en s'efforçant de se rappeler le terme qu'Emma, la femme de Zac, avait employé.

C'était un mot qu'il avait lui-même déjà dit plusieurs fois, bien sûr, mais jamais dans ce contexte particulier.

— Est-ce que… ça se voit déjà beaucoup ?

— Pas encore, répondit-elle, visiblement agacée par cette question. Pas encore. Je ne suis enceinte que de douze semaines et j'aurais pu continuer à le cacher pendant quelques semaines de plus si tu ne l'avais pas dit à…

Elle poussa un soupir exaspéré.

— Pour quelle raison es-tu venu, Kulal ? Pour jubiler ?

— Bien sûr que non. Je suis ici parce que je veux t'aider.

— Drôle de façon de le montrer. Je t'ai déjà dit que ton odieux marché ne m'intéressait pas. Même si tu es venu ici pour m'en offrir un prix plus élevé, *mon bébé n'est pas à vendre !*

— Ce n'est pas pour ça que je suis venu. J'ai beaucoup réfléchi et je crois que j'ai peut-être réagi trop précipitamment l'autre fois.

— Non, tu crois ? lança-t-elle d'un ton amer.

— J'aurais dû considérer toutes les options avant de parler.

Kulal prit une profonde inspiration. Ce qu'il s'apprêtait à faire était la seule solution honorable. La seule chose à faire, même si elle allait à l'encontre de ses aspirations les plus profondes. Il tenta de sourire à la femme qui le regardait d'un air belliqueux, mais il eut l'impression que son visage était en béton et que ses lèvres bougeaient à peine.

— J'ai décidé de t'épouser. Ce sera un mariage de raison. Un sacrifice de notre part à tous les deux… pour le bien de notre bébé.

Elle le regarda comme si elle attendait une chute. Puis, voyant que le silence se prolongeait, elle plissa les yeux.

— C'est une plaisanterie ?

— Pourquoi je plaisanterais sur un sujet aussi sérieux ? Je t'offre de devenir ma reine.

— Il me semble que nous avons déjà eu cette conversation. Nous étions d'accord tous les deux sur le fait qu'un mariage entre deux personnes qui n'éprouvent même pas de la sympathie l'une pour l'autre est une mauvaise idée.

Kulal resta un instant sans voix. C'était bien la dernière réaction à laquelle il s'attendait… Il considéra Hannah avec incrédulité. Était-ce une feinte pour tenter d'obtenir encore davantage ? Mais quoi ? Sa consternation semblait sincère. Comment pouvait-elle dédaigner une proposition que la plupart des femmes accepteraient avec enthousiasme ? Il l'étudia plus attentivement. La pâleur qui semblait incrustée sur son visage lors de sa visite au Zahristan avait laissé place à un teint lumineux et ses yeux scintillaient comme deux étoiles bleu pâle. La grossesse avait rendu encore plus brillante sa chevelure soyeuse, qui ondulait sur ses épaules. Il était peut-être temps de prendre la situation en main. De lui montrer qu'il avait de la force pour deux. Les actes n'avaient-ils pas plus de chances d'être efficaces que les mots ? Ne serait-il pas une bonne chose de lui rappeler que le courant passait exceptionnellement bien entre eux ?

Franchissant l'espace qui les séparait, Kulal prit Hannah dans ses bras. Le frisson qui la parcourut le conforta dans son opinion. Elle avait envie — non, besoin — de se blottir contre lui, même si c'était sans doute une idée qui la révoltait. Il effleura lentement sa joue du bout des doigts. Il fallait lui laisser le temps de s'écarter de lui. Pas question d'user de contrainte. Elle ne bougea pas. Elle resta contre lui et ses lèvres frémirent, comme impatientes, lorsqu'il pencha la tête vers elle.

Leurs bouches se rencontrèrent. Dans un baiser d'abord chaste, puis langoureux. Un petit gémissement échappa à Hannah, attisant son désir naissant. Il la serra plus étroitement et le contact des pointes durcies de ses seins contre son torse acheva de l'enflammer. Jamais un baiser ne lui avait paru aussi délicieux. Était-ce parce qu'elle était enceinte de lui, ou bien parce qu'elle était la seule femme à lui avoir tenu tête ?

— Hannah, murmura-t-il en brûlant d'envie de se perdre au plus profond d'elle. Sois ma femme.

Très vite, il se maudit d'avoir parlé. Ses paroles rompirent le charme et Hannah s'écarta de lui, les yeux étincelants. Elle vacilla sur ses jambes et il tendit machinalement la main pour la retenir, mais elle la refusa d'un geste vif.

— Tu as perdu la tête ? s'exclama-t-elle, des mèches folles autour du visage et les joues en feu. Te jeter sur moi comme ça alors que nous sommes censés discuter de notre bébé ?

— Prétends-tu que tu n'avais pas envie de moi ?

— Non, mais c'était… déplacé. Comme ta demande en mariage.

— Pourquoi ?

— Tu me prends pour une idiote, Kulal ? Tu crois que parce que je gagne ma vie en faisant le ménage je suis incapable de comprendre ce qui saute aux yeux ?

Désarçonné par ce changement radical d'humeur, Kulal plissa les yeux.

— Je ne porte aucun jugement de ce genre sur toi.

— Tu es sûr ? Est-ce que ce sont tes conseillers qui t'ont incité à m'épouser ? Ont-ils suggéré que si je n'étais pas prête à te vendre mon bébé, me passer la bague au doigt te permettrait de le récupérer par des moyens légaux ?

— Tu crois que je demande leur avis à mes conseillers ? s'exclama-t-il, incrédule. Ils n'oseraient jamais me dire comment vivre ma vie !

Il prit une profonde inspiration.

— C'est moi et moi seul qui ai pris la décision. Et de toute façon, être mariée à moi ne te rendrait pas plus vulnérable mais te protégerait, au contraire.

Elle secoua la tête avec vigueur.

— Pas du tout. Ça ferait de moi ta possession. Tu le sais aussi bien que moi.

Au comble de la frustration Kulal se détourna et regarda par la minuscule fenêtre, qui donnait sur une cour où des poubelles en plastique étaient alignées comme des sentinelles. Une pluie fine tombait et tout était gris. Si gris… Comment envisager que son enfant grandisse dans un environnement aussi lugubre ? Il fut assailli par un sentiment d'impuissance. Un jour il s'était promis de ne plus jamais se retrouver dans cet état, mais il fallait se rendre à l'évidence. On ne pouvait pas toujours maîtriser les événements. Parfois la vie vous emmenait le long d'un chemin que vous n'aviez pas prévu de suivre, et le fait d'être roi n'y changeait rien. Il avait grandi dans l'opulence, mais ça ne l'avait pas empêché d'être avec son frère à la merci d'une mère manipulatrice qui ne voulait qu'une chose. Et ce n'était pas ses enfants.

Il crispa la mâchoire. Sa défiance à l'égard des femmes était profondément ancrée en lui et Hannah Wilson ne faisait que renforcer ses pires préjugés. Il était bien placé pour savoir que les femmes étaient imprévisibles et il avait devant lui un exemple parfait de cette disposition innée. Il n'avait pas fallu longtemps à la modeste petite femme de chambre pour se transformer en une créature sûre d'elle qui déclinait avec désinvolture la demande en mariage d'un roi. Elle était beaucoup moins docile que prévu. Était-ce le fait qu'elle portait son enfant qui lui donnait assez d'aplomb pour le traiter comme s'il était un homme comme les autres ?

Kulal réprima un soupir. Il était tentant de lui dire qu'elle allait obéir parce qu'il obtenait toujours ce qu'il voulait. Malheureusement, ce n'était pas si simple. Il ne pouvait pas *obliger* cette Anglaise à l'épouser. Mais peut-être pouvait-il la persuader. De nouveau il promena son regard sur le réduit qui lui servait de chambre.

— Où comptes-tu habiter, à présent ?

Hannah avait réfléchi à la question. Longuement. Elle pensa à ses économies avec un pincement au cœur. Son rêve de s'acheter un petit appartement ne deviendrait jamais réalité, mais parfois il fallait savoir renoncer à ses rêves.

— J'ai des économies qui vont me permettre de tenir le coup.

— Pendant combien de temps ?

Elle haussa les épaules.

— Assez longtemps. Et quand elles seront épuisées, je pourrai trouver un poste de gouvernante, ce qui nous assurera un toit à moi et à mon bébé.

— Un poste de gouvernante ? s'écria Kulal, visiblement horrifié. Tu crois que je vais te laisser élever le futur prince ou la future princesse du Zahristan comme l'enfant d'une gouvernante ?

— Mais tu ne peux pas… Tu ne peux pas m'en empêcher.

— Tu crois vraiment ?

Il émit un rire cynique.

— Je peux toujours essayer. Je peux te faire surveiller

vingt-quatre heures sur vingt-quatre par des gardes du corps. Chacun de tes mouvements sera consigné et analysé dans des rapports qui me seront envoyés régulièrement. Et avant que tu cries à l'atteinte à ta vie privée, je précise que ce serait des mesures de protection de ce qui m'est cher.

— Le tribunal te demandera de payer une pension alimentaire. Et je ne suis ni assez stupide ni assez fière pour la refuser. Ça devrait suffire à te rassurer. Le bébé et moi, nous ne vivrons pas dans la pauvreté.

— Bien sûr que je paierai une pension. Je n'ai pas besoin qu'un tribunal m'oblige à assumer mes responsabilités. Mais mon enfant ne mènera pas la vie à laquelle son rang lui donne droit. En refusant de m'épouser tu le condamnes à une vie d'enfant illégitime. Est-ce vraiment ce que tu souhaites, Hannah ?

Elle tressaillit. Il avait gardé l'argument massue pour la fin… Oh ! pourquoi lui avait-elle parlé de son passé sordide ? Avait-elle vraiment eu la naïveté de croire qu'il n'enregistrerait pas cette information pour s'en servir contre elle si nécessaire ? Parce que son statut d'enfant illégitime — et celui de Tamsyn — était une blessure profonde qui ne s'était jamais refermée. La honte avait constitué la toile de fond de leur enfance. C'était de là que venait son sentiment d'insécurité. Elle avait toujours feint de ne pas attacher d'importance à ce statut, alors qu'elle en souffrait terriblement. Aujourd'hui les mentalités avaient évolué et les enfants nés hors mariage n'avaient plus ce genre de problème. Malgré tout… l'enfant qu'elle portait n'était pas n'importe qui. C'était un enfant de sang royal.

— Je pourrais m'enfuir et tu ne me retrouverais jamais.

— Je te retrouverais.

Elle tenta de s'imaginer mariée avec Kulal et elle fut prise de vertige. Quelques minutes plus tôt il l'avait embrassée et elle l'avait laissé faire. Non, elle ne l'avait pas seulement laissé faire. Elle avait répondu à son baiser. Elle avait été submergée de désir et il l'avait bien compris.

Certes elle avait eu la présence d'esprit de mettre fin à ce baiser, mais s'il recommençait que se passerait-il ?

S'il recommençait ? Allons, Hannah, tu t'imagines vraiment qu'un homme comme Kulal se contenterait d'un mariage chaste ?

Les joues en feu, elle demanda d'une voix mal assurée :

— Si j'acceptais ce... mariage...

Elle prit une profonde inspiration.

— Tu envisages un mariage... dans tous les sens du terme ?

— Tu n'as aucune raison de paraître aussi inquiète, répliqua-t-il, visiblement amusé par son embarras. Je ne t'enchaînerai pas au lit en exigeant l'accomplissement du devoir conjugal. À moins que ce soit ton fantasme secret, bien sûr.

Il esquissa un sourire.

— Le but du mariage est la procréation, et puisque nous avons déjà rempli cet objectif sans le vouloir, il ne nous reste plus que le sexe. Or nous en avons besoin. C'est un exercice indispensable à une bonne hygiène de vie. En fait, je pense que le sexe devrait très bien marcher entre nous puisque nous ne sommes ni l'un ni l'autre aveuglés par des sentiments.

— Je ne peux pas...

Elle secoua la tête, choquée. « Un exercice indispensable à une bonne hygiène de vie. » Il parlait comme s'ils étaient des animaux...

— Je ne peux pas réfléchir à ça maintenant. C'est trop de choses à assimiler d'un coup.

— En effet. Pour tous les deux. Et tu ne m'as toujours pas donné ta réponse.

Elle déglutit péniblement. Il n'y en avait qu'une seule possible. Parce qu'elle n'avait pas l'énergie nécessaire pour passer sa vie à se battre contre le pouvoir royal de Kulal.

— Je t'épouserai, oui. Pour que notre enfant soit légitime.

— Bien.

— Et si nous découvrons que vivre ensemble est insupportable ?

— Si nous nous mettons d'accord dès le départ pour ne pas avoir des exigences irréalistes, je ne vois pas pourquoi ce serait insupportable.

— De quel genre d'exigences irréalistes parles-tu ?

Le visage de Kulal s'assombrit.

— Je parle d'amour. Je ne veux pas de ton amour, Hannah. Jamais. Tu entends ?

Il prononçait le mot comme si c'était un juron... Devait-elle le louer pour sa franchise ou bien le blâmer pour son arrogance ? À vrai dire, elle n'en savait rien. Partait-il du principe que toutes les femmes finissaient par tomber amoureuses de lui, même s'il était odieux avec elles ?

— Je ne pense pas qu'il y ait le moindre risque. Mais si ça ne marche vraiment pas entre nous, je veux que tu me donnes ta parole de me laisser libre de rentrer en Angleterre.

Kulal regarda Hannah avec une pointe de pitié. Pensait-elle vraiment qu'il lui permettrait d'emmener son enfant hors du pays ? Qu'il lui accorderait le divorce ? Enfonçant les mains dans ses poches, il crispa les poings. Jamais il n'aurait pu imaginer ça, mais, quand il pensait à son bébé, une émotion inconnue, farouche, s'emparait de lui et attaquait la glace qui avait toujours entouré son cœur. La paternité lui était tombée dessus sans prévenir et il réagissait de manière inattendue. Parce qu'il voulait cet enfant. Avec une ferveur qu'il ne se connaissait pas.

Et cette femme ne se mettrait pas en travers de son chemin.

— Nous ne sommes pas obligés de penser à ça maintenant, dit-il d'une voix suave. Pour l'instant marions-nous, d'accord ?

8.

L’image qu’elle avait sous les yeux était très étrange. Hannah n’avait jamais rien vu de pareil. Une femme vêtue d’une robe de satin doré, dont le chatoiement mettait en valeur son ventre rond de quatre mois. Son voile en fil d’or était maintenu en place par un diadème orné de diamants disposés en forme de fleur.

C’est moi… Sauf que ça ne me ressemble pas.

C’était la dernière fois qu’elle se regardait dans un miroir en tant que femme célibataire. Un dernier coup d’œil à l’ancienne Hannah, avant qu’elle soit conduite dans l’immense salle du trône, où Kulal et les invités l’attendaient. Et quels invités… Un frisson d’appréhension courut le long de son épine dorsale. L’assemblée, très nombreuse, semblait constituée exclusivement de familles royales et de milliardaires.

Mais après tout c’était pour ce genre de personnes qu’elle avait travaillé pendant des années dès l’âge de seize ans, et ce n’étaient que des êtres de chair et de sang. Exactement comme elle. Cependant, elle n’avait pas l’habitude de fréquenter des hommes politiques, des sultans, des universitaires ou des stars du sport. Le seul invité qu’elle avait déjà rencontré c’était Salvatore Di Luca, qui était arrivé au palais la veille et l’avait saluée avec une chaleur qui lui avait semblé factice. Peut-être se souvenait-il d’elle comme l’invitée de dernière minute que Kulal avait amenée à sa soirée et désapprouvait-il cette alliance improbable.

Mais, au moins, Zac Constantinides et son épouse, Emma, n'avaient pas pu venir. En apprenant qu'ils avaient un autre engagement, en Grèce, elle avait éprouvé un vif soulagement. Se marier devant son ex-patron, qui avait été obligé de la licencier, aurait été pour le moins embarrassant. En revanche son cousin Xan était présent, et Tamsyn et lui avaient paru se quereller hier soir pendant la répétition.

Hannah fit la grimace devant le miroir. Pourvu que Tamsyn ne provoque pas un scandale aujourd'hui… Sa petite sœur était à cran et elle ne cachait pas son mécontentement. Avait-elle deviné malgré ses dénégations qu'elle épousait Kulal contrainte et forcée ? Et était-elle déterminée à prendre la défense de sa sœur aînée, comme celle-ci l'avait fait si souvent autrefois ? Alors qu'en fin de compte le choix qu'elle avait été obligée de faire tombait sous le sens. Comment hésiter entre un mariage qui assurerait à son bébé la qualité d'enfant légitime et une vie de mère célibataire terrorisée à l'idée que Kulal pouvait à tout moment user de son influence pour lui enlever son bébé ?

La voix d'une employée du palais interrompit ses pensées.

— Vous êtes prête, madame ?

Hannah hocha la tête et prit la gerbe de jacinthes blanches et de baies de genièvre, les deux fleurs nationales du Zahristan. Fermant les yeux elle huma brièvement leur parfum entêtant, puis l'imposante porte à double battant s'ouvrit et elle entra dans la salle du trône bondée. Elle sentit tous les regards braqués sur elle, mais son embarras s'évanouit dès que Kulal s'avança vers elle. Était-ce la lueur approbatrice qui brillait dans ses yeux ou bien la chaleur de sa peau quand ses doigts effleurèrent les siens ? La foule des invités s'estompa tandis que toute son attention se concentrait sur l'homme qui serait bientôt son mari.

Sur sa *dishdasha* blanche il arborait un *bisht* blanc

cassé brodé d'or, sorte de manteau porté traditionnellement par les cheikhs pour leur mariage. Coiffé d'une *ghutra* blanche maintenue par un *agal* doré, il était superbe et majestueux. Mais une lueur furtive de tristesse s'était-elle vraiment allumée dans ses yeux de jais, ou bien était-ce un effet de son imagination ? Cette cérémonie ranimait-elle des souvenirs enfouis ? Il lui avait dit que tous les rois du Zahristan se mariaient dans cette salle imposante, ce qui signifiait que ses parents y avaient échangé leurs consentements. Pensait-il à eux ? Regrettait-il qu'ils ne soient plus là pour assister à l'événement d'aujourd'hui ? Hier soir elle lui avait posé des questions sur sa famille, mais il avait répondu laconiquement, s'en tenant à l'essentiel : ses parents étaient morts tous les deux et il n'avait pas vu son frère jumeau depuis des années. Elle avait voulu savoir pourquoi, mais il avait coupé court à la discussion en lui disant que la répétition était sur le point de commencer.

Hannah s'avança vers l'agenouilloir recouvert de velours. En réalité, elle ne savait presque rien de son presque mari. Mais peut-être cela valait-il mieux. Si elle connaissait toutes les réponses à ses questions, ne risquerait-elle pas d'être effrayée par ce qu'elle s'apprêtait à faire ?

— Tu es prête ? murmura Kulal.

Elle hocha la tête. Lui donnait-il une dernière chance de changer d'avis ? De tenter de s'en sortir toute seule ? Mais il était trop tard. À quoi bon regarder en arrière et penser à tout ce qui aurait pu être ? Ça ne servait à rien. Peu importait ce qui les avait conduits à cette situation. Ce qui comptait c'était comment ils l'affrontaient. Elle pouvait se réjouir que son bébé ne courre aucun risque de connaître la faim, comme elle autrefois. Ni de se coucher en craignant d'être expulsé le lendemain parce que le loyer n'avait pas été payé. Et il porterait le nom de son père, ce qui était une autre raison de se réjouir.

Elle avait toujours tiré le meilleur parti de toutes les situations dans lesquelles elle s'était trouvée. Pourquoi ne pas continuer ? Kulal l'avait prévenue qu'il ne serait jamais question d'amour entre eux, mais il y avait des tas d'autres sentiments sur lesquels on pouvait construire une relation. Ne pourrait-elle pas apprendre à le respecter et à vivre en bonne entente avec lui afin qu'ils puissent devenir de bons parents et peut-être nouer des liens d'amitié ? Elle leva les yeux vers Kulal et hocha la tête en souriant.

— Je suis prête.

Kulal eut un pincement au cœur devant le regard confiant de Hannah. Aujourd'hui elle semblait détendue. Contrairement à hier soir. Visiblement anxieuse, elle lui avait posé des tas de questions auxquelles il s'était senti incapable de répondre alors qu'il organisait un des mariages les plus spectaculaires ayant eu lieu dans la région depuis une décennie. Il aurait pu opter pour une cérémonie plus intime, suivie par une grande réception. Mais quelque chose en lui s'y était refusé. Il n'avait pas voulu un mariage discret qui puisse faire écho aux secrets du passé.

Était-ce pour cette raison qu'il avait éludé toutes les questions pourtant innocentes que Hannah lui avait posées sur son passé ? Et qu'il n'avait fait qu'une allusion rapide à son frère jumeau ? Sans doute. À quoi bon lui dévoiler des secrets de famille qui risqueraient de la déstabiliser ?

Malgré tout, il ne pouvait s'empêcher d'avoir le cœur serré à la vue de cette place vide de l'autre côté de la salle du trône. La place de son frère. Le jumeau qui avait fui le palais à la première occasion pour ne jamais revenir. Qu'il ait décidé de ne pas venir aujourd'hui ne l'avait pas surpris, mais il n'avait pu s'empêcher d'être déçu. Haydar avait-il été choqué par sa décision subite de se marier ? Il la lui avait expliquée en lui confiant que Hannah était enceinte. Il avait espéré que cette nouvelle rendrait un peu de sérénité à son frère en allégeant le poids des souvenirs de leur enfance. Malheureusement, cette confidence n'avait pas eu l'effet escompté. Haydar semblait déterminé à prolonger l'exil qu'il s'était imposé lui-même.

Mais pas question de penser à ça aujourd'hui, décida Kulal. Il fallait se concentrer sur la responsabilité qu'il n'avait pas choisie mais qu'il devait désormais assumer. Il regarda le voile doré qui recouvrait les cheveux de Hannah. En Angleterre elle avait suggéré qu'ils pourraient faire un mariage blanc, mais il n'était pas d'accord. Leur union serait consommée, parce qu'une femme satisfaite était une femme accommodante. Il se concilierait ses bonnes grâces jusqu'à la naissance de leur enfant. Ensuite elle pourrait faire ce qu'elle voudrait.

Il prononça son consentement sans émotion et entendit Hannah répéter le sien après l'interprète qui avait été fournie par son ambassade. Il sentit sa main trembler lorsqu'il glissa à son doigt l'alliance en or et rubis.

— Tu es maintenant mon épouse, déclara-t-il.

Puis, tandis que l'interprète traduisait ses paroles à Hannah, des applaudissements spontanés retentirent. Il la vit se mordre la lèvre inférieure, comme le faisaient parfois les femmes lorsqu'elles étaient contentes. Se réjouissait-elle parce qu'elle avait au doigt une alliance hors de prix, et que tout le monde allait désormais s'incliner devant elle ? Était-il possible qu'elle attende ce mariage depuis le début et que toutes ses hésitations n'aient été que des feintes ?

— Heureuse ? demanda-t-il, conscient que les gens tout autour d'eux attendaient les déclarations habituelles.

Hannah plongea les yeux dans les yeux noirs de Kulal, réticente à lui répondre. S'il lui posait cette question c'était sans doute uniquement parce qu'il y avait une foule de gens autour d'eux… Il porta sa main à ses lèvres et déposa un baiser sur ses doigts sans la quitter des yeux, et tout devint beaucoup moins clair. Une chaleur familière l'envahit tandis que les pointes de ses seins se hérissaient sous sa robe. Les réactions de son corps prirent le pas sur le vide de son cœur. Si elle se concentrait sur le désir qui faisait courir des frissons sur sa peau au lieu de s'attarder sur le fait que Kulal n'éprouvait rien pour elle, il devenait plus facile de répondre à sa question en croyant presque à ce qu'elle disait.

— Très heureuse.

Les yeux de Kulal devinrent plus noirs que noirs. Il la prit par la taille et l'entraîna vers l'antichambre, où des valets circulaient parmi la foule avec des plateaux de boissons.

— Alors faisons ce que nous avons à faire. Jouons cette comédie à fond jusqu'à ce que nous soyons seuls.

Hannah s'efforça de masquer sa nervosité pendant le défilé de célébrités à qui elle fut présentée. Mais ce n'était pas la timidité qui lui nouait l'estomac. C'était la lueur qui brillait dans les yeux de Kulal à chaque fois qu'il les posait sur elle. Et il n'arrêtait pas… Avait-elle vraiment eu la naïveté de croire que leur mariage pourrait rester chaste ? Ces yeux… Était-il évident pour tout le monde que le roi du désert dévorait son épouse des yeux ?

Et que le désir qui faisait étinceler son regard était partagé ?

Le festin de noce eut lieu dans une immense salle richement décorée, avec des musiciens qui jouaient une musique envoûtante qu'elle n'avait jamais entendue auparavant. Une infinité de plats raffinés se succédèrent mais elle se contenta de picorer, sa robe dorée lui interdisant tout excès. Personne n'avait fait la moindre allusion à sa grossesse, mais celle-ci devait être évidente pour tout le monde, en particulier à la couturière qui avait été envoyée à Londres pour confectionner sa robe.

Après un discours élogieux du Premier ministre, suivi de quelques anecdotes édulcorées racontées par Salvatore, Kulal et elle se levèrent pour porter un toast avant de croiser leurs bras pour boire chacun dans la coupe de l'autre. Puis Kulal lui prit la main et l'entraîna sur la piste. Mais cette danse n'avait rien à voir avec celle qu'ils avaient exécutée en Sardaigne avec la lune argentée pour seul témoin. Ce soir tous les invités faisaient cercle autour d'eux pour les regarder. Étudiaient-ils sa silhouette alourdie ? Elle était enceinte de seize semaines mais, en raison de sa petite taille, sa grossesse semblait beaucoup plus avancée.

Tous ces regards braqués sur elle étaient très déstabilisants. Les gens se disaient peut-être que Kulal était tombé dans le piège le plus vieux du monde. Mais ils seraient sans doute encore plus consternés s'ils savaient que leur aventure n'avait duré qu'une nuit. Cherchant en vain du regard le sourire stimulant de sa sœur, Hannah avait l'impression d'être un mannequin dans les bras de son mari. Elle éprouva un vif soulagement quand il l'entraîna enfin hors de la salle voûtée. Des valets alignés le long des couloirs s'inclinaient sur leur passage tandis qu'ils se dirigeaient vers les appartements de Kulal. Qui à partir de maintenant étaient également les siens, se rappela-t-elle. Mais pour combien de temps ?

Elle n'était au Zahristan que depuis une semaine, qu'elle avait passée dans ses propres appartements de l'autre côté du palais, près du grand patio central où des paons se promenaient parmi les orangers et où les gardénias embaumaient l'air de leur parfum capiteux. Kulal lui avait fait visiter toutes les salles officielles, ainsi que la bibliothèque avec sa riche collection de livres anciens. Elle avait éprouvé une grande joie en constatant qu'elle y trouverait tous les outils nécessaires pour continuer à se cultiver. Il lui avait montré la salle du trône et les joyaux de la Couronne, dont elle pouvait disposer librement dès son mariage. Ensuite il l'avait emmenée voir les écuries ultramodernes et le garage, qui abritait un nombre impressionnant de voitures de sport.

Mais rien de tout cela ne pouvait rivaliser avec la

splendeur des appartements privés du roi, suite de pièces au décor raffiné ouvertes les unes sur les autres, avec d'élégantes colonnes de marbre et des lanternes en argent richement travaillé qui descendaient du plafond en dôme. Des divans recouverts de velours et garnis de coussins de brocart invitaient à la détente dans une atmosphère parfumée à l'encens tandis que des tapis de soie habillaient le sol de marbre.

— Tu sembles subjuguée, Hannah, dit Kulal comme la porte à double battant en bois sculpté se refermait derrière eux. Est-ce la perspective de ta nuit de noces qui te fait vibrer d'excitation ?

Elle rencontra son regard et se remémora l'époque où elle travaillait pour lui en Sardaigne, quand la vie était simple et pleine d'insouciance. Il lui avait montré son pays sur une carte et lui avait parlé des montagnes et des rivières. Et aussi du daim rosé du Zahristan, espèce très rare qui s'abreuvait à l'eau cristalline des ruisseaux et qu'on pouvait parfois observer si on veillait à ne faire aucun bruit. Il lui arrivait de lui demander son avis sur un sujet ou un autre, et une lueur amusée s'allumait dans ses yeux noirs quand elle répondait avec franchise. Quand elle lui parlait comme s'il était un homme normal plutôt qu'un monarque. Ne pourrait-elle pas faire de même aujourd'hui ?

— J'ai peur de me perdre dans tous ces couloirs, reconnut-elle.

Un léger sourire étira les lèvres de Kulal et il sembla se détendre.

— Et c'est tout ?

Non, bien sûr… Elle était terrifiée par l'imminence de la nuit de noces, même si son désir pour lui couvait toujours. Elle avait très peur que son ventre de plus en plus rond ne le refroidisse. Et puis il y avait d'autres craintes également, plus nébuleuses, qu'elle n'osait pas s'avouer. Mais elle s'était engagée à faire tout son possible pour que ce mariage fonctionne, non ? Or ce n'était pas en se comportant comme une femme de chambre qu'elle y parviendrait. Si elle voulait réussir dans son rôle de reine du désert il fallait qu'elle prenne de l'assurance. Qu'elle s'efforce de croire en elle, comme elle l'avait fait si souvent dans le passé.

Prenant une profonde inspiration, elle enleva son diadème et son voile, puis les posa sur une table voisine avant de se diriger vers Kulal à pas lents. Elle eut l'impression de mettre une éternité à franchir cette courte distance, mais elle finit enfin par se retrouver devant lui, les yeux dans ses yeux. Et elle pria pour qu'il prenne le contrôle de la situation. Elle avait beau faire un immense effort pour croire en elle, elle ne se sentait pas capable de séduire le cheikh dans un décor aussi intimidant.

— Non, pas tout à fait, reconnut-elle. Je suis un peu nerveuse, même si je n'en ai pas le droit. Je veux dire, je ne suis plus vierge et…

Il la réduisit au silence. Pas en l'embrassant mais en posant un doigt sur ses lèvres.

— Tu as parfaitement le droit d'être nerveuse, déclara-t-il gravement. Même si tu n'es plus vierge, tu manques encore d'expérience. Par ailleurs, cette journée a dû être éprouvante pour toi à bien des égards.

Elle hocha la tête, encouragée par sa sollicitude.

— C'était très intimidant. Et puis je me demandais où était passée Tamsyn. Je me le demande toujours, d'ailleurs.

— Elle est sûrement avec Xan Constantinides. Il a quitté la salle de bal peu de temps après elle. Tu ne les as pas vus partir ?

— Non.

Hannah se mordit la lèvre.

— N'a-t-il pas la réputation d'être un séducteur invétéré ?

— Oui, je le crains.

— Tu crois que tout va bien pour elle ?

— Je suis sûr que physiquement elle ne court aucun

danger, si c'est ce qui t'inquiète. Mais coucher avec Xan Constantinides n'est pas très indiqué, à moins qu'elle se soit préparée à avoir le cœur brisé.

— C'est la dernière chose dont elle a besoin en ce moment ! Kulal, il faut la retrouver !

Kulal arqua les sourcils.

— Que veux-tu que je fasse ? Que je passe ma nuit de noces à ordonner à mes gardes d'arracher Constantinides à ses griffes ?

— Ou elle aux siennes !

— Tamsyn est adulte, Hannah. Comme toi. Je suis sûr que tu étais une grande sœur exemplaire pendant votre enfance, mais tu ne crois pas qu'il est temps de couper le cordon ?

Hannah eut une moue contrite. Elle s'était dit ça des dizaines de fois, mais changer ses habitudes était une des choses les plus difficiles à faire.

— Je ne pense pas que ce soit une bonne idée pour elle de commencer à fréquenter des gens en face de qui elle ne fait pas le poids.

— Comme toi, tu veux dire ? demanda Kulal d'un ton narquois.

Elle cherchait une réponse appropriée quand il la souleva de terre.

— Que fais-tu ?

— À ton avis ? Je t'emmène au lit. J'en ai assez de discuter, surtout de ta sœur.

Il se dirigea vers une alcôve située à l'autre bout de la pièce, et elle agita les jambes en signe de protestation.

— Repose-moi par terre, Kulal. Je suis beaucoup trop lourde.

— Tu ne pèses rien. Rien du tout, insista-t-il en la déposant à côté du lit le plus immense qu'elle ait jamais vu.

Puis il la prit dans ses bras et l'embrassa.

9.

— Le moment est venu d'honorer ma femme, dit Kulal d'une voix rauque. Mais d'abord, il faut que je te sorte de cette robe de mariée infernale.

Hannah sentit son cœur se mettre à battre à grands coups tandis qu'il la faisait pivoter lentement sur elle-même et commençait à dégrafer sa robe. L'opération sembla durer une éternité. Pour la bonne raison qu'au fur et à mesure il effleurait du bout des lèvres chaque parcelle de peau dénudée. Si bien que lorsqu'il finit par l'allonger sur le lit, nue et frémissante, son appréhension avait laissé place au désir. *Savoure l'instant*, se dit-elle pendant qu'il se déshabillait. *C'est ta nuit de noces et elle jettera les fondations de toute votre vie commune.*

— Je n'ai jamais couché avec une femme enceinte, dit-il en la rejoignant et en déposant un baiser sur sa bouche.

Passant la main sur son front, elle feignit le soulagement.

— Dieu merci !

Il plongea son regard dans le sien.

— Je ne veux pas te faire de mal, Hannah.

— Je suis solide.

Du moins physiquement, ajouta-t-elle *in petto*. Parce que lorsqu'il la regardait de cette manière elle défaillait presque, envahie par une émotion inconnue. Mais sans doute était-ce normal étant donné les circonstances. C'était sa nuit de noces, après tout. Sans doute pouvait-elle se permettre, exceptionnellement, de laisser transparaître la passion enfouie au plus profond d'elle.

— Touche-moi, ajouta-t-elle d'une voix légèrement tremblante. Caresse-moi…

Les traits de Kulal se crispèrent furtivement et elle sentit son estomac se nouer. S'était-elle montrée trop impatiente ? Mais tout à coup il captura sa bouche avec une avidité qui semblait faire écho à la sienne. Une vague de désir et de plaisir mêlés la submergea. Et même si elle manquait encore d'expérience — comme il l'avait dit un peu plus tôt —, cela ne semblait plus avoir aucune importance. Ni pour elle ni pour lui. Plus maintenant, puisqu'elle était sa femme. Puisqu'elle était libre de le toucher sans la moindre inhibition. Et pourquoi en aurait-elle alors qu'elle portait son bébé ?

Elle poussa un petit soupir tandis qu'il commençait à promener les doigts sur sa peau.

— Tes seins sont magnifiques, murmura-t-il d'une voix rauque.

— Tu ne les trouves pas trop… gros ?

Il pouffa.

— Qu'est-ce que c'est que cette question ?

Elle se mordit la lèvre. Ce n'était pas le moment de lui confier qu'à la lecture des magazines féminins que Tamsyn lui passait régulièrement elle avait toujours eu le sentiment d'être beaucoup trop ronde… Un gémissement étranglé lui échappa lorsque la bouche de Kulal se referma sur un bourgeon hérissé. Lorsqu'il eut honoré longuement chacun de ses seins, il promena une main sur son ventre et s'y attarda un instant. Elle retint son souffle, mais il ne fit aucune allusion au bébé. Elle ne put s'empêcher d'être déçue, tout en se morigénant. Il était stupide de penser que si c'était une nuit de noces *normale* il aurait peut-être parlé du bébé.

Et pourquoi penser à ce qu'il ne disait pas au lieu de savourer ce qu'il faisait ? Elle laissa échapper un nouveau gémissement quand il effleura du bout des doigts son sexe. Il accentua peu à peu ses caresses et bientôt elle se mit à onduler des hanches, en proie à un désir de plus en plus impérieux. Mais elle ne pouvait pas rester passive… La semaine précédente, au cours de ses soirées solitaires à l'autre bout du palais, elle avait lu en cachette un livre sur l'épanouissement sexuel dans le cadre du mariage. C'était le moment ou jamais de commencer à mettre en pratique ce qu'elle avait appris. Mais quand elle posa la main sur la virilité pleinement éveillée de Kulal, il l'écarta en secouant la tête.

— Non.

— Pourquoi ?

— Parce que je suis trop excité et que je veux attendre d'être en toi pour m'abandonner au plaisir. Et je ne pense pas que ce soit le moment de rougir, Hannah, ajouta-t-il d'une voix presque tendre en lui caressant la joue. Tu ne crois pas ?

Un jour il lui avait dit qu'il aimait la voir rougir, se rappela-t-elle. Mais c'était à l'époque où il pensait qu'elle ne ferait qu'un bref passage dans sa vie. S'il avait su que leur unique nuit en Sardaigne se terminerait par un mariage dans ce palais somptueux, aurait-il couché avec elle ?

Bien sûr que non.

Et elle ? C'était insensé mais elle ne parvenait pas à regretter cette nuit, constata-t-elle. Et pas seulement parce que le plaisir qu'il lui avait fait découvrir promettait de se renouveler. C'était plus profond que ça. Elle éprouvait déjà un amour farouche pour le petit être qui grandissait en elle. Alors comment pourrait-elle avoir des regrets ?

— Hannah, reviens, lui intima-t-il comme s'il avait deviné que son esprit vagabondait.

Avec un sourire contrit elle abandonna sa bouche à son baiser. Au même instant il entra lentement en elle et son esprit se vida instantanément.

— Pas de protection, commenta-t-il en s'immobilisant avec un soupir ravi. Juste toi et moi, sans rien entre nous.

Ces paroles étaient censées être purement érotiques, comprit-elle. Mais elle éprouva malgré tout une émotion intense tandis qu'il s'enfonçait plus profond en elle. Faire l'amour allait-il être différent à présent qu'elle était enceinte ? se demanda-t-elle confusément.

C'était fabuleux, découvrit-elle très vite. Peut-être encore plus fabuleux qu'en Sardaigne. Et plus intime aussi. Presque trop intime… Emportée dans un tourbillon irrésistible, elle fut balayée par un raz-de-marée si puissant qu'elle laissa échapper le nom de Kulal sans le vouloir. Son cri résonna dans la pièce comme une prière. L'esprit brouillé par le plaisir qui déferlait en elle, il lui sembla vaguement que Kulal s'était raidi l'espace d'un instant avant de reprendre ses coups de reins et d'être submergé à son tour par le plaisir.

Plus tard elle resta silencieuse, attendant qu'il dise quelque chose. Elle ne connaissait pas les usages en vigueur après l'amour, surtout au sein d'un couple ayant été obligé de se marier. Devaient-ils faire comme si cette journée n'avait pas grande importance ? Devait-elle essayer de lui expliquer que la façon curieusement implorante dont elle avait crié son nom ne signifiait rien ? Elle attendit un geste réconfortant de sa part, mais il se contenta de se soulever et de se laisser tomber sur le dos à côté d'elle, encore haletant.

— Eh bien…

Elle s'éclaircit la voix.

— Dans l'ensemble, je trouve que la journée s'est plutôt bien passée. Pas toi ?

La voix de Hannah était hésitante, constata Kulal. Une foule de réponses lui traversèrent l'esprit mais il prit son temps avant d'en choisir une. Devait-il lui dire qu'il n'avait pas ressenti la moindre émotion en prononçant ce consentement qui lui était dicté par son sens du devoir ? Mais il était vrai que le détachement lui était familier et qu'il appréciait la barrière que celui-ci élevait entre lui et le reste du monde. La cérémonie s'était déroulée sans accroc, et ensuite, à la réception, il avait répondu aux félicitations des cheikhs et des sultans des pays voisins. Là encore, pas d'imprévu.

Mais une fois seul dans sa chambre avec son épouse…

Il déglutit péniblement.

Quand il avait enlevé sa robe à Hannah, dévoilant un corps dont les courbes étaient encore plus somptueuses que la seule fois où il l'avait vu… puis quand ce corps s'était offert à lui avec ardeur… son détachement était devenu beaucoup moins évident, il fallait bien le reconnaître. Sans doute était-ce parce que jusque-là il n'avait jamais fait l'amour sans préservatif qu'il s'était senti si…

Si quoi ?

Il avait eu l'impression de ne jamais avoir été aussi intime avec une femme. Était-ce dû à l'absence de cette fine couche de latex jusque-là incontournable ? Était-ce pour cette raison qu'il s'était senti aussi vivant ? Que son cœur battait encore si fort qu'il semblait sur le point d'exploser ? Il venait de vivre l'expérience sexuelle la plus incroyable de sa vie. Mais cet état de choses risquait de lui compliquer la vie. Surtout si Hannah commençait à se faire des idées. Il n'avait aucune envie que sa femme s'imagine qu'il avait ressenti autre chose qu'une jouissance stupéfiante.

Parce que ce n'était rien d'autre.

Ça ne pouvait être que ça.

Kulal étouffa un soupir. Il ne voulait pas mentir à Hannah. Les mensonges s'infiltraient dans la vie des gens comme du poison. Ils altéraient tout ce qu'ils touchaient. Et le premier mensonge était toujours le plus dangereux. C'était la chiquenaude qui faisait tomber toute la rangée de dominos…

— Mieux que je ne le craignais, dit-il en tournant la tête vers Hannah. Ça ressemblait presque à un vrai mariage.

— Oh !

Il crispa la mâchoire. Le visage décomposé de Hannah

en disait encore plus long sur sa déception que sa voix éteinte. Espérait-elle qu'il allait embellir la journée avec des touches romantiques qui n'avaient aucune réalité ? Ou bien tentait-elle de le culpabiliser… alors qu'elle savait à quoi s'en tenir dès le départ ?

— Que voulais-tu que je dise, Hannah ? Que c'était le plus beau jour de ma vie ?

— Non, bien sûr que non.

Devant la mine confuse de Hannah il éprouva une pointe de remords qui le mit en rage.

— Endurer un mariage dont je n'avais pas envie, tu crois que ça m'amuse ?

Ses paroles étaient dures, mais elles avaient le mérite d'être honnêtes… Hannah allait peut-être lui tourner le dos et rester silencieuse, vibrante de ressentiment. Et n'était-ce pas ce qu'il voulait ? Tracer entre eux une ligne qu'elle n'oserait plus jamais franchir. Mais elle continuait à le regarder avec ses grands yeux aigue-marine, comme si elle rassemblait tout son courage pour dire quelque chose qu'il n'avait pas envie d'entendre.

Elle s'éclaircit la voix.

— Tu es contre le mariage en général ?

Il serra les dents. Pile ce qu'il n'avait pas envie d'entendre ! La question qui lui avait été posée un million de fois, le plus souvent par des femmes intéressées. Et à laquelle il répondait d'un ton cinglant. Mais Hannah n'était pas une de ces femmes. C'était son épouse. Elle avait réussi là où tant d'autres avaient échoué. Il ne pouvait pas la rabrouer aussi sèchement que les autres.

— Un homme de ma condition est censé se marier. Mais je n'étais pas pressé. Ne croyant pas à l'amour, j'avais prévu de programmer ça de façon à fonder une famille au meilleur moment possible.

— Et qu'entends-tu par « meilleur moment possible » ?

— Jamais ? lança-t-il d'un ton sarcastique.

— Kulal, je suis sérieuse.

Il haussa les épaules.

— Peut-être dans une quinzaine d'années. Vers cinquante ans, après avoir fini de faire les quatre cents coups.

— Par conséquent, ce mariage prématuré t'oblige à renoncer à des centaines de liaisons. Est-ce que tu ne risques pas d'éprouver du ressentiment envers moi ?

Kulal plissa le front, désarçonné. C'était plutôt elle qui devrait éprouver du ressentiment contre lui, non ?

— Je n'ai pas l'intention d'avoir des aventures, si c'est ce que tu suggères. Je suis fermement opposé à l'infidélité contrairement à beaucoup de mes pairs, qui considèrent qu'ils sont en droit d'avoir une maîtresse.

Visiblement surprise, Hannah écarta une mèche de son front.

— Je suppose que je ne devrais pas t'être reconnaissante d'avoir l'intention de rester fidèle, mais je le suis. Et je suis un peu curieuse également.

— À quel propos ? demanda-t-il avec circonspection.

— Eh bien, tu m'as dit que tu ne voulais pas entendre parler d'amour.

— C'est exact.

Le drap froissé couvrait tout juste les seins de Hannah et ses yeux semblaient soudain étincelants.

— Dans ce cas, pourquoi ne te sens-tu pas libre d'être infidèle ?

Il faillit répondre qu'elle était si fascinante à cet instant précis qu'il avait du mal à imaginer qu'une autre femme puisse rivaliser avec elle.

Et puis il se souvint.

Il s'efforçait d'oublier, mais parfois ça resurgissait de nulle part et le coup était violent…

— Si tu avais grandi avec des parents comme les miens tu comprendrais, dit-il d'une voix amère.

Il y eut un silence, puis elle murmura :

— Comment pourrais-je comprendre si tu ne me dis rien, Kulal ? Et si je comprenais, je pourrais peut-être t'aider. Tu l'as peut-être oublié, mais j'ai grandi dans une famille d'accueil où l'amour n'avait pas sa place. Quoi que tu me racontes, il y a peu de chances que je sois choquée.

Elle semblait si désireuse de l'aider… Kulal ne put s'empêcher d'être touché, mais il se ressaisit aussitôt. Pensait-elle vraiment que c'était aussi simple ? Que lui parler le délivrerait des démons qui habitaient son cœur depuis si longtemps ? De son tourment secret et de son sentiment d'impuissance ? Il ne lui donnerait pas ce pouvoir. Il ne le donnerait jamais à personne. Ne l'avait-il pas promis à son frère ?

— Et puis nous sommes mariés, à présent, ajouta-t-elle d'un ton plein d'espoir. Ne sommes-nous pas censés partager ce genre de choses ?

— Non, répliqua-t-il en rabattant les draps d'un geste vif. Je ne veux pas de ce genre de mariage. Je te l'ai dit dès le départ. Tu ne m'as pas écouté, Hannah ? Ou bien croyais-tu que tu pourrais me faire changer d'avis dès que tu porterais une alliance ? Désolé, mais tu te trompais.

Sa voix devint encore plus dure.

— Dans ma culture on ne raconte pas ses pensées les plus intimes comme si la vie n'était qu'une longue séance de psychanalyse !

— Je ne voulais pas être indiscrète. J'essayais juste de… de t'aider.

— Eh bien, c'est juste une perte de temps. Pour toi et pour moi. Le passé ne te regarde pas. Tu ferais mieux de l'accepter sinon ça ne marchera pas. Je serai fidèle et j'assumerai pleinement mon rôle de père. Je suis déterminé à faire ce qu'il faut pour que ce mariage fonctionne dans le cadre que nous avons défini.

— Que *tu* as défini.

Il haussa les épaules.

— Je suis le roi. Désolé, mais c'est comme ça que ça marche par ici. Je ne suis pas un homme déraisonnable et tout ce dont tu auras besoin, tu l'auras. Mais s'il te plaît ne me demande plus jamais ça.

Elle l'étudia un instant en silence, comme si elle attendait un changement d'humeur miraculeux. Puis il vit son regard s'éteindre au moment où elle finit par se résigner. Où elle finit par comprendre qu'il était très sérieux.

— C'est la fin de la discussion, n'est-ce pas ? dit-elle.

Il hocha la tête et se leva.

— Oui. Et maintenant il est temps que tu dormes un peu.

— Mais…

Elle se redressa et le drap tomba sur sa taille, dévoilant sa poitrine.

— Où vas-tu ?

Des années de pratique lui permirent de se cuirasser contre le remords à la vue de son regard inquiet. En revanche, il eut plus de mal à rester insensible au spectacle délicieux de ses seins somptueux. S'imaginait-elle vraiment qu'il allait rester couché là nuit après nuit pendant qu'elle le mitraillerait de questions, gâchant ces moments post-coïtaux de somnolence béate ? Devait-il lui expliquer les raisons pour lesquelles il refusait l'amour et le refuserait toujours ? Non. Pas pendant leur nuit de noces. Et peut-être jamais.

— Je vais dormir à côté. C'est mieux comme ça.

— *Mieux* ?

— Une fois encore, j'attire ton attention sur le protocole. Il est d'usage pour le cheikh et son épouse de faire chambre à part. C'est une tradition très ancienne. Ça ne nous empêchera pas de coucher ensemble. Mais tu as besoin de te reposer, Hannah.

10.

Il y avait deux manières différentes d'aborder un problème. Elle le savait mieux que personne. Hannah sortit de sa baignoire, et une femme de chambre posa un drap de bain moelleux sur ses épaules. Soit on acceptait de vivre avec, soit on essayait de le résoudre. Et n'avait-elle pas passé sa vie à choisir la deuxième solution ?

Elle regarda les pétales de roses tournoyer dans l'eau qui s'écoulait de la baignoire dorée. Quand Tamsyn et elle avaient faim pendant leur enfance, elle avait toujours trouvé à manger, non ? Quand sa scolarité avait souffert parce qu'elle devait s'occuper de la maison, elle s'était efforcée de s'instruire seule. Et quand son manque de qualifications l'avait amenée à prendre un emploi de femme de chambre, elle avait travaillé dur et obtenu des promotions.

Alors pourquoi n'essaierait-elle pas de faire évoluer son mariage ? Elle déglutit péniblement. Parce que pour l'instant il ne lui convenait pas. Pas du tout. Son mari était présent mais il gardait ses distances. Dans la journée — et parfois la soirée — il était accaparé par les nombreuses obligations liées à sa charge. Certes, il lui faisait de temps en temps une place dans son emploi du temps, et il lui arrivait d'avoir l'impression de partager sa vie au lieu d'être en marge. Quand elle l'accompagnait à une soirée de gala ou à l'inauguration d'un nouveau centre médical. Parfois il leur arrivait même de dîner ensemble, mais c'était l'exception et non pas la règle.

Le seul moment où elle avait Kulal pour elle, c'était la nuit, au lit.

Tout en se séchant elle soupira. Et encore… Même les moments qu'elle passait au lit avec lui étaient limités dans le temps. Quand ils avaient assouvi leur désir mutuel il s'esquivait pour aller dormir dans sa chambre, et il se levait à 5 heures pour seller son cheval et galoper dans le désert jusqu'à ce que son corps musclé luise de sueur et que des petites boucles brunes collent à son front. Elle le savait parce qu'un matin elle avait entendu du bruit et elle s'était levée pour voir ce qui l'avait réveillée. Elle l'avait trouvé en train de se déshabiller dans une des antichambres de leur vaste suite. Il était torse nu et sur le point d'ouvrir sa braguette quand elle était entrée. Il s'était figé. Et elle aussi. Parce que voir Kulal se déshabiller était un spectacle qui affolait son cœur. Oh bien sûr, elle le voyait nu toutes les nuits, mais ça n'avait rien d'inattendu. Alors que là… Elle s'était humecté les lèvres sans le vouloir et elle avait vu une lueur familière s'allumer dans ses yeux de jais. Debout près d'une lampe, elle ne portait qu'une chemise de nuit en voile de mousseline qui ne devait rien cacher de son corps. Il avait promené sur elle un regard avide avant de demander :

— Tu n'es pas malade ?

Elle avait secoué la tête.

— Non. J'ai entendu du bruit, c'est tout.

Il avait haussé les épaules en indiquant la cravache qui se trouvait par terre.

— J'ai dû jeter ça avec plus de force que je n'en avais l'intention.

Elle avait eu envie de lui demander pourquoi. Et elle avait eu encore plus envie de lui demander s'il ne pourrait pas enfreindre sa règle inflexible et l'embrasser. Là, tout de suite. Malgré la sueur qui perlait sur son torse. Elle avait retenu son souffle pendant un moment, l'éclat de ses yeux noirs laissant espérer que ce scénario était possible. Mais il s'était contenté d'un sourire dédaigneux.

— Excuse-moi de t'avoir réveillée.

— Ce n'est pas grave.

— Si. Une femme enceinte doit dormir suffisamment.

Après une pause il avait ajouté :

— Retourne te coucher, Hannah.

Ce souvenir s'estompa tandis qu'elle finissait de se sécher. Était-ce toujours ainsi quand on avait une relation avec quelqu'un ? Était-on toujours insatisfaite ? Voulait-on toujours plus que ce qu'on avait ? Et si elle ne parvenait pas à refréner ses envies, ne risquait-elle pas de mettre en péril ce qu'elle avait déjà ?

Un matin, Kulal l'avait emmenée en hélicoptère au nord-est du Zahristan dans son palais d'été situé en bord de mer. Ils avaient dégusté un sirop de canneberge et d'hibiscus à l'ombre d'une tente en regardant la mer de Murja miroiter au soleil. Le petit groupe de gardes du corps qui les accompagnait était exclusivement féminin, ce qui lui avait permis de nager dans l'immense piscine entourée de palmiers. La caresse de l'eau sur sa peau était exquise, et elle avait vu Kulal sourire quand elle avait poussé un petit cri ravi.

— Tu viens te baigner ? avait-elle demandé timidement.

Pour une fois, il avait hésité avant de répondre qu'il avait une téléconférence prévue avec New York. Cette brève pause lui avait donné un peu d'espoir. N'avait-il pas été tenté de partager avec elle autre chose qu'un intermède purement sexuel ? Le problème avec l'espoir c'était qu'il croissait aussi vite que les mauvaises herbes. Un rien suffisait à le stimuler. Était-ce un effet de son imagination ou bien les visites nocturnes de Kulal duraient-elles vraiment de plus en plus longtemps ? La nuit dernière, l'aube commençait à poindre quand il avait regagné sa chambre. Les paupières mi-closes, elle l'avait regardé s'habiller en rêvant d'une fois où il passerait toute la nuit avec elle. Mais elle n'osait pas le lui demander. Pas après l'humiliation qu'elle avait subie lors de leur nuit de noces. Elle soupçonnait que ça inciterait le roi du désert à faire exactement le contraire.

Pendant ce temps, sa grossesse se passait merveilleusement bien et la gynécologue du palais exprimait sa satisfaction avec chaleur à chaque consultation. Des consultations auxquelles Kulal n'assistait jamais.

— Il serait inapproprié pour le roi d'être présent lors d'un examen aussi intime, avait-il répliqué quand elle lui avait demandé s'il envisageait de l'y accompagner un jour.

C'était un point de vue dépassé, mais à bien des égards Kulal était conservateur. Il ne semblait pas regretter que, selon la loi en vigueur, le sexe de leur bébé ne devait être connu que de la gynécologue, alors que de son côté elle brûlait d'envie de savoir si elle attendait un garçon ou une fille.

Par moments elle était frappée par les différences entre le Zahristan et le monde dans lequel elle avait grandi. Mais cela ne l'empêchait pas de s'y sentir bien et d'y trouver une sérénité qu'elle n'avait jamais ressentie auparavant. Elle aimait se promener dans les jardins du palais, dont elle savourait le calme et la beauté. Elle prenait également un immense plaisir à boire son thé dans le grand patio au sol en mosaïque à dominante bleue, où le parfum des fleurs d'oranger se mêlait à celui des gardénias. Quand on mettait à sa disposition une assistante et deux gardes du corps féminines, elle en profitait pour visiter les musées d'Ashkhazar. Et un de ses endroits préférés au palais restait la grande bibliothèque, parce que pour la première fois de sa vie elle avait le temps de lire et l'embarras du choix.

Tous ces rayonnages de livres reliés en cuir, c'était magique. Elle lut plusieurs livres sur l'histoire du Zahristan, parce qu'elle prenait à cœur son rôle de *cheikha* et qu'elle voulait mieux connaître le pays de Kulal. Et par ricochet Kulal lui-même, bien sûr. Elle apprit qu'il faisait partie d'une longue lignée de rois du Zahristan du côté de son père, et que sa mère était une princesse originaire du

Tardistan, un pays voisin. Mais, apparemment, tous les ouvrages consacrés à l'histoire de sa famille présentaient des lacunes, même les plus récents. Elle finit par trouver sur une étagère isolée dans une alcôve cachée une brève biographie de Kulal lui-même.

Elle parcourut les pages avec avidité, sans pouvoir s'empêcher de s'attarder sur les photos. Excellent élève, il s'était enfui à l'adolescence pour combattre dans la guerre frontalière contre le Quzabar. Il y avait un passage sur l'hommage solennel rendu à son père lors de l'exposition de sa dépouille, et sur les troubles qui avaient précédé l'accession de Kulal au trône. Mais pratiquement rien sur la mort précoce de sa mère, succinctement qualifiée de « tragique ». Et s'il était précisé que Kulal était le plus jeune des jumeaux, il n'était expliqué nulle part pourquoi c'était lui qui était monté sur le trône à la place de son aîné, Haydar.

Hannah était rongée par la curiosité, mais son instinct lui souffla de ne pas se montrer indiscrète. Les réponses qu'elle cherchait, elle ne les obtiendrait que si Kulal et elle devenaient un couple plus uni. Or elle s'arrangeait justement pour qu'ils passent plus de temps ensemble. Elle avait rapidement compris que si Kulal travaillait tard le soir c'était pour pouvoir la rejoindre directement au lit sans être obligé de faire la conversation avec elle avant. Mais en Sardaigne, à l'époque où elle travaillait pour lui il leur arrivait régulièrement de discuter de tout et de rien, et parfois il s'amusait même à la taquiner. Pourquoi ne pourraient-ils pas retrouver cette complicité ?

Ce soir elle avait donc décidé de ne pas se coucher avant son retour, et elle se disait que c'était uniquement pour avoir l'occasion de discuter avec lui. Mais, tout au fond d'elle-même, elle était consciente qu'elle commençait à éprouver pour son mari le genre de sentiments contre lesquels il l'avait mise en garde. Qu'elle soit tombée amoureuse de lui semblait impossible. Et pourtant…

Quelque chose avait changé. Impossible de le nier.

Quand ? Elle ne savait pas trop. Ce n'était pas l'amant sublime ni le roi majestueux qui avaient touché son cœur. C'était l'homme dans les yeux duquel vacillait par instants une lueur de vulnérabilité, avant que son visage se ferme pour ne plus rien laisser paraître de ce qu'il ressentait. Était-il déraisonnable de se demander si elle ne pourrait pas un jour s'insinuer dans son cœur ? Sa chemise de nuit en satin froufrouta tandis qu'elle se dirigeait vers le bureau sur lequel elle avait laissé son livre ouvert. Au même instant, le bruit sourd de la porte de la suite annonça l'arrivée de Kulal. Aussitôt, son cœur se mit à tambouriner dans sa poitrine.

— Hannah ?

La voix profonde fit courir des frissons le long de son épine dorsale, mais elle s'efforça de prendre un ton désinvolte.

— Je suis ici !

Il entra dans la chambre et s'immobilisa, visiblement surpris de la trouver assise au bureau.

— Tu n'es pas couchée ?

— Comme tu vois, répliqua-t-elle en souriant. J'ai eu envie de lire un peu en t'attendant.

Elle ferma son livre après avoir glissé un marque-page dedans.

— Comment s'est passée ta rencontre avec le sultan du Marazad ?

Kulal resta silencieux un instant. Il ne s'attendait pas à la trouver debout en train de l'attendre. Il déglutit péniblement. La vue de ses rondeurs, épousées par sa chemise de nuit en satin, suffisait à le rendre fou de désir… Un désir qui ne s'estompait jamais, même après des nuits et des nuits de passion. Chose inhabituelle pour lui, il n'était jamais rassasié. Depuis leur mariage il avait passé toutes les nuits dans ses bras et il n'avait pas encore éprouvé la moindre lassitude. Autre nouveauté, il s'était surpris à annuler des déplacements en Europe et aux États-Unis. Il trouvait cavalier de laisser sa femme enceinte seule dans un pays tout nouveau pour elle. Alors qu'elle ne lui avait jamais fait une seule remarque à propos de ses absences ! Elle avait quitté du jour au lendemain son emploi de femme de chambre pour devenir reine. Pouvait-on imaginer un saut dans l'inconnu plus vertigineux ? Dans cette situation, la plupart des femmes se seraient transformées en crampons. Pas elle. L'indépendance dont elle faisait preuve était remarquable. Jamais une demande, jamais une plainte. Elle était…

De nouveau, il déglutit péniblement.

Elle était irrésistible.

Elle l'envoûtait petit à petit. Au lit elle avait pris de l'assurance jour après jour, au point que depuis quelque temps il se demandait parfois qui donnait des leçons particulières à l'autre. Mais ce n'était pas seulement sur le plan sexuel qu'elle était impressionnante. Elle comprenait instantanément ce qui était important pour lui et ce qui ne l'était pas. Elle ne parlait jamais pour ne rien dire et ne faisait pas semblant de s'intéresser à son travail, contrairement à beaucoup de femmes trahies par leur regard éteint. Son intérêt était manifestement sincère. Distrait par ses seins qui pointaient sous sa chemise de nuit, il s'efforça de se rappeler la question qu'elle venait de lui poser. C'était à propos d'une rencontre…

— Bien. Malik s'est montré inhabituellement accommodant.

— Tu penses qu'il est enfin désireux de passer à l'énergie solaire ?

Kulal plissa le front. Il ne se souvenait pas lui avoir parlé de ça, mais de toute évidence il l'avait fait. Mais pourquoi s'embarquerait-il dans une discussion sur les énergies renouvelables alors qu'il était venu ici pour lui faire l'amour ?

— Pas autant que je le suis de t'embrasser, murmura-t-il en se dirigeant vers le bureau.

Il éteignit la lampe et hissa Hannah sur ses pieds.

— Tu devrais être au lit.

Les yeux aigue-marine s'agrandirent.

— Je lisais.

— Il est tard.

— Et alors ? Je suis enceinte, Kulal, pas malade. Je dors beaucoup. La gynécologue dit que je suis en parfaite santé, et là je n'ai pas sommeil.

— Tant mieux. Parce que moi non plus.

Il fit glisser sa main sur la courbe d'une hanche, et elle laissa échapper un long soupir tremblant.

— Kulal… Je… je voudrais en savoir plus sur le programme d'énergie solaire et… Oh !

— C'est la dernière chose dont j'aie envie de parler, Hannah, murmura-t-il en parsemant sa nuque de baisers fiévreux. Je préfère me concentrer sur… *ça*.

Il remonta sa chemise de nuit et glissa la main entre ses cuisses.

— Pas toi ? demanda-t-il en effleurant sa fleur humide du bout des doigts.

— Eh bien…

Elle inclina la tête, feignant de réfléchir. Mais il accentua ses caresses, et les yeux aigue-marine virèrent à l'outremer.

— Tu disais ? murmura-t-il.

— Je… je ne sais plus.

Lui non plus. Avec un grognement étouffé, il la souleva de terre et la porta jusqu'au lit malgré ses protestations habituelles. Elle avait beau être enceinte de six mois, il arrivait toujours à la porter sans effort. Il était trop impatient pour prendre le temps de lui enlever sa chemise de nuit et de se débarrasser de sa *dishdasha*. Mais il suffisait d'écarter le satin d'une part et le coton d'autre part… Bientôt elle se mit à le supplier d'une voix hachée. Il ne se fit pas prier. En proie à un désir qui ne lui avait jamais semblé aussi impérieux, il plongea dans le cœur brûlant de sa féminité d'un seul mouvement puissant.

Puis il s'enfonça un peu plus profondément en elle à chaque nouveau coup de reins. Oui, son désir était d'une intensité inédite. Démesurée. C'était comme si plus rien d'autre n'existait que cette chambre et ce lit. Il vacillait au bord du précipice… Un cri étranglé s'échappa de la gorge de Hannah, et il la rejoignit aussitôt avec un cri rauque qui fit écho au sien.

Il resta un long moment en elle, assommé, haletant. Lorsqu'il finit par lever la tête il rencontra son regard brillant.

— C'est un retour à la maison particulièrement agréable, murmura-t-il.

— J'en suis heureuse, répondit-elle d'un air modeste.

— Où as-tu appris à être aussi… réceptive ?

Il eut un sourire malicieux.

— À moins que tu sois une séductrice innée ?

— J'ai lu un peu, reconnut-elle un peu timidement. Je me suis dit qu'une épouse inexpérimentée risquerait de te pousser dans d'autres bras.

La franchise et l'humilité de cette réponse le bouleversèrent.

— Mais je t'ai promis d'être fidèle.

— Je sais, mais je…

Une ombre passa sur le visage de Hannah, et elle haussa les épaules.

— Quoi donc ? demanda-t-il.

— Ça n'a pas d'importance.

Elle noua les bras sur sa nuque et planta un baiser prolongé sur ses lèvres.

— Ce qui compte, c'est que ton retour à la maison soit aussi agréable pour toi qu'il l'est pour moi.

— Il est très agréable. Mais à présent si nous te débarrassions de cette chemise de nuit — ravissante au demeurant — que dans ma hâte j'ai négligé de t'enlever ?

Une fois qu'elle fut nue il prit son temps pour se déshabiller, désireux de se tenir de nouveau sur la réserve. Comment en étaient-ils arrivés à une telle complicité ?

Par moments il sentait un frisson d'appréhension le parcourir… Instinctivement, il toucha la cicatrice qui marquait sa peau du mamelon à l'aine. Sur le moment il n'avait pas senti la lame s'enfoncer dans sa chair à cause de l'adrénaline. Parfois il avait l'impression d'être dans la même inconscience du danger quand il se trouvait au lit avec sa femme.

Il avait prévenu Hannah qu'il ne tolérerait pas un certain nombre de choses et il avait précisé lesquelles. Et il avait été très surpris qu'elle accepte aussi facilement les règles qu'il avait fixées. Il s'attendait à plusieurs réactions possibles. Qu'elle proteste, qu'elle boude, qu'elle tente de discuter, ou encore qu'elle le supplie de rester avec elle toute la nuit. Mais elle n'avait rien fait de tout ça. Elle s'était juste adaptée à la vie au palais comme si elle y était née. D'après ses assistants elle passait ses journées dans les jardins ou la bibliothèque, et se rendait de temps en temps en ville pour des visites de musée ou des achats liés à la naissance du bébé.

— Kulal.

— Qu'y a-t-il ?

Il la rejoignit sous les draps.

— J'ai envie…

— Envie de quoi ?

— De… de t'embrasser.

C'était une requête si innocente… Comment refuser ? Avait-il même envie de refuser ? De toute façon, c'était juste un baiser… Quelques secondes plus tard, ils faisaient de nouveau l'amour. Si elle n'était pas enceinte, il se permettrait peut-être davantage d'acrobaties pour lui prouver que leur relation était purement sexuelle. *Si elle n'était pas enceinte elle ne serait pas là*, se rappela-t-il au moment où le plaisir explosait en lui, déclenchant une pluie de petites étoiles. Ce fut sa dernière pensée avant de sombrer dans un profond sommeil.

*
* *

Après une succession de rêves mouvementés, il fut assailli au réveil par une odeur inhabituelle et se força à ouvrir les paupières. À l'autre bout de la chambre, Hannah versait du café dans deux petites tasses. Il s'assit dans le lit et passa la main dans ses cheveux. Le soleil filtrait à travers les stores, constata-t-il avec perplexité.

— Quelle heure est-il ?

Hannah se dirigeait vers lui en ondulant des hanches dans sa chemise de nuit en satin, une tasse à la main.

— Presque 9 heures. Tu as dormi d'une traite.

Cette note triomphante dans sa voix et cet air satisfait étaient-ils bien réels ou n'existaient-ils que dans son imagination ?

— Pourquoi ne m'as-tu pas réveillé ? demanda-t-il en rabattant les draps. Tu sais que j'aime bien faire galoper mon étalon avant l'aube.

— Je sais, répliqua-t-elle avec un coup d'œil furtif sur sa virilité pleinement éveillée. Mais tu semblais dormir si profondément que je n'ai pas pu me résoudre à te réveiller. Et j'ai pensé qu'un de tes domestiques sortirait ton cheval à ta place.

Il pinça les lèvres.

— Comme tu t'es vite habituée à avoir des domestiques, Hannah… Mais tu sais aussi bien que moi que personne ne fait galoper Baasif aussi vite que moi.

Croyait-elle vraiment qu'il allait renoncer à son tour à cheval matinal, devenir sédentaire et grossir ? Paresser au lit avec elle, à boire du café et manger des pâtisseries ? Crispant la mâchoire, il ramassa sa *dishdasha*.

— Pourquoi ne bois-tu pas ton café, Kulal ?

Ce fut comme un baiser de la mort domestique.

— Je ne veux pas de café, répliqua-t-il d'un ton rogue.

Il vit la déception se peindre sur son visage. Allons, il allait être indulgent. Il n'allait pas lui reprocher de l'avoir poussé à faire quelque chose dont il lui avait dit qu'il ne voulait pas. Après tout c'était lui qui était à blâmer pour s'être endormi comme ça. Mais ça ne se reproduirait plus. Plus jamais il ne se réveillerait au milieu d'une scène de la vie conjugale d'une banalité affligeante, avec Hannah lui faisant des yeux de biche qui lui donnaient soudain l'impression d'être piégé.

Au lieu de se montrer raisonnable et de le laisser s'en aller, elle traversa la pièce pour se planter devant lui et posa la main sur sa joue. Puis elle traça du bout du pouce le contour de sa mâchoire. Comme pour vérifier quelle consistance avait sa barbe naissante au réveil. Horripilé, il faillit avoir un mouvement d'humeur mais il se maîtrisa sans trop savoir pourquoi il faisait cet effort.

— Kulal ?

Il s'écarta d'elle.

— J'espère que c'est urgent, Hannah.

Elle prit une profonde inspiration.

— Es-tu obligé de quitter mon lit toutes les nuits comme si j'étais ta maîtresse plutôt que ta femme ?

Il arqua les sourcils, s'exhortant à prendre un ton léger.

— Tu ne trouves pas que ça ajoute du piquant à notre relation ?

— Tu es le seul piquant dont j'aie besoin, Kulal, affirma-t-elle presque timidement.

Puis elle fit quelque chose qu'elle n'avait plus fait depuis des semaines. Elle rougit. Elle rougit, et il sentit le souffle du danger.

— N'avons-nous pas déjà eu cette discussion ?

— Oui, mais je me demandais si nous ne pourrions pas reconsidérer la situation.

— Reconsidérer la situation ?

— J'aime me réveiller à côté de toi. Et j'aime aussi que tu me tiennes dans tes bras toute la nuit.

Il plissa le front.

— Je t'ai tenue dans mes bras ?

— Tu ne te souviens pas ? Tu m'as murmuré à l'oreille en zahristanien au milieu de la nuit.

Elle sourit et rougit de plus belle.

— Je ne comprenais pas les mots que tu me disais, mais ils sonnaient comme…

— Comme quoi ?

Elle s'humecta nerveusement les lèvres, comme si elle venait de prendre conscience qu'elle s'aventurait sur un terrain glissant.

— Rien.

Mais il était trop tard. Parce qu'à cet instant précis la mémoire lui revint. Il se rappela ce qu'elle lui avait murmuré à l'oreille au plus fort de la passion.

« Kulal, je t'aime. »

« Kulal, je t'aime tant… »

Était-ce en réponse à des mots qu'il aurait murmurés lui-même, sans doute pour la féliciter de lui donner si souvent du plaisir ? Elle les aurait mal interprétés ? Et elle en avait profité pour exprimer des sentiments qu'il avait expressément bannis de leur mariage ? Il fut assailli par une bouffée de rage. S'imaginait-elle que tout avait changé parce qu'ils étaient compatibles sexuellement et qu'il leur arrivait de dîner ensemble sans se quereller ? S'imaginait-elle qu'elle pouvait décevoir les souhaits qu'il avait exprimés afin d'imposer les siens ?

— De quoi s'agit-il exactement, Hannah ?

Elle se mit à arpenter nerveusement la pièce.

— J'ai lu différentes choses au sujet de ton enfance. Même si les informations disponibles étaient incomplètes.

— Et… ;? dit-il.

Elle ne sembla pas remarquer la mise en garde dans sa voix.

— Et apparemment tu as dû apprendre assez tôt à devenir indépendant, parce que ta mère est morte quand tu étais très jeune et que ton père était souvent en voyage. Mais je peux comprendre ce besoin d'indépendance, parce que moi aussi j'ai été obligée de devenir adulte prématurément.

— Ça suffit !

— S'il te plaît, Kulal…

Elle eut une hésitation, visiblement alarmée par le regard noir qu'il dardait sur elle, mais elle poursuivit malgré tout.

— Laisse-moi juste te dire une chose.

— Inutile, je dois prendre une douche et m'habiller avant d'aller voir mes conseillers, prévint-il.

— Je ne demande pas l'impossible, déclara-t-elle comme s'il n'avait pas parlé. Juste que tu te laisses aller et que tu prennes les choses comme elles viennent. Que tu cesses de quitter mon lit tout de suite après l'amour.

Elle s'éclaircit la voix et lui adressa un sourire plein d'espoir.

— Je ne t'ai jamais vu aussi comblé que lorsque tu dormais ce matin.

Il crispa la mâchoire. Ça aurait pu marcher s'il ne s'était pas souvenu des mots qu'elle lui avait murmurés en pleine nuit. Il serait sans doute plus facile de faire comme s'il ne les avait pas entendus. Mais il connaissait bien les femmes. Une fois que ces mots étaient lâchés, ils revenaient. Oh ! peut-être pas avant une semaine — ou même un mois — mais, à un moment ou à un autre, elle finirait par prendre la passion ou la prévenance pour de l'amour. Alors elle répéterait ces mots en espérant qu'il allait les dire à son tour. Or ça n'arriverait jamais.

— Es-tu tombée amoureuse de moi, Hannah ?

Une lueur d'espoir s'alluma dans les yeux aigue-marine.

— Oui, répondit-elle dans un souffle. J'ai tout fait pour l'éviter, mais c'est arrivé presque à mon insu. Je t'aime, Kulal. Je t'aime tant…

Il regarda la femme qui se tenait devant lui, les yeux brillants et les joues rouges.

Sa femme.

Sa femme qui venait de lui dire qu'elle l'aimait.

— Que veux-tu que je te réponde, Hannah ? demanda-t-il avec hargne. Que je t'aime aussi ? Désolé, mais ça n'arrivera jamais.

11.

Si seulement elle pouvait remonter le temps de quelques minutes ! Si seulement elle pouvait retirer ces mots malheureux qui lui avaient échappé presque sans qu'elle en ait conscience… Sous le regard glacial de Kulal, Hannah se maudissait. Que lui avait-il pris de faire une déclaration à Kulal, alors qu'elle savait pertinemment qu'il ne voulait pas entendre parler d'amour ?

Elle avait été incapable de se retenir plus longtemps. Ces mots fatidiques, elle les avait déjà prononcés cette nuit, mais c'était le plaisir qui les lui avait arrachés. Un plaisir prodigieux qui lui avait fait perdre toute retenue. Ça pouvait se comprendre. Mais à l'instant ? Pourquoi ? Elle n'avait pas eu la même excuse… Mais ça avait été plus fort qu'elle.

— Je n'attends rien en retour, s'empressa-t-elle de préciser. Nous pouvons continuer comme avant et oublier ce que j'ai dit.

Kulal secoua la tête avec un rictus cynique.

— Ça ne marche pas comme ça, Hannah. Tu dois bien en être consciente. Tu as changé la donne. Il est impossible de reprendre comme avant. Notre relation deviendra de plus en plus déséquilibrée et tu seras forcément frustrée. Parce que tu attendras de moi quelque chose que je ne pourrai jamais te donner.

— Kulal…

— Non ! C'est peut-être le moment que tu entendes toute l'histoire. Ça devrait t'aider à comprendre. Tu veux savoir pourquoi les informations concernant mon enfance sont incomplètes, Hannah ? Tu le veux vraiment ?

Le ton de Kulal avait quelque chose d'effrayant... Elle crispa les poings.

— Pas... pas si tu n'as pas envie de me le dire.

— Bien sûr que je n'en ai pas envie ! Je préférerais ne plus y penser jusqu'à la fin de mes jours. Mais tu m'as acculé, n'est-ce pas ? C'est ce que les femmes font le mieux. Voici donc les informations concernant mon enfance.

Hannah se força à s'asseoir sur une chaise et croisa les mains sur les genoux.

— D'accord, dit-elle dans un souffle.

Il y eut un silence. Un silence si profond qu'elle se demanda s'il avait changé d'avis. N'était-ce pas ce qu'une part d'elle-même espérait ? Mais il finit par parler. D'une voix aussi glaciale que le vent d'hiver.

— C'était un mariage royal comme beaucoup d'autres dans la région. Un mariage traditionnel destiné à unir deux grandes dynasties de pays voisins. Après la naissance de ses fils, mon père a pris des maîtresses, mais il observait toujours la plus grande discrétion. Oui, tu peux ouvrir de grands yeux horrifiés, mais à l'époque c'était ainsi. D'ailleurs, si tu considères la famille royale de ton pays, tu constateras que les rois et les princes ne se sont jamais gênés dans ce domaine. La différence, c'est que ma mère a refusé d'accepter la situation. Elle ne voulait pas d'un mariage de ce genre. Elle voulait un mariage romantique. Or ça n'avait jamais été au programme.

— Et... Que s'est-il passé ? demanda-t-elle pour rompre le long silence qui suivit cette déclaration.

— L'amour qu'elle affirmait avoir pour mon père est devenu une obsession. Elle a fait tout ce qui était en son pouvoir pour attirer son attention. Elle est devenue son ombre. Partout où il allait, elle était là. Je me souviens qu'elle passait des heures devant son miroir à modifier et à peaufiner son apparence pour devenir la femme qui, selon elle, correspondait à ses goûts. Une fois, elle est allée voir une de ses maîtresses et elle l'a attaquée. Elle l'a griffée au visage. Étouffer le scandale a coûté très cher.

Le visage de Kulal s'assombrit.

— L'ironie de l'histoire, c'est que plus elle cherchait à plaire à mon père et plus elle le faisait fuir. Mais ce n'est pas tout. Son obsession la rendait aveugle à tout ce qui l'entourait. Trop occupée à tenter de conquérir son mari, elle négligeait ses enfants.

— C'est-à-dire toi ?

— Oui, mais surtout mon frère jumeau, Haydar. Moi, je m'étais enfui pour me battre dans le conflit frontalier avec le Quzabar. Je pense que la guerre était un prétexte pour échapper à l'atmosphère toxique du palais. Aujourd'hui je m'en veux pour ma lâcheté.

— Ta *lâcheté* ? Un adolescent à qui on a rendu les honneurs pour son courage ? Qui garde une cicatrice des combats qu'il a livrés pendant cette guerre ?

— Oui. Parce que Haydar était resté ici. C'est lui qui était en première ligne face au comportement de plus en plus extravagant de notre mère.

— On dirait qu'elle souffrait de dépression.

— Bien sûr qu'elle était en pleine dépression !

— Est-ce qu'elle… était suivie par un médecin ?

— Oui.

Kulal se mit à arpenter la pièce à grands pas. Quand il s'arrêta et se tourna vers elle, ses traits étaient altérés par une profonde amertume.

— Le problème, c'est qu'on ne peut aider les gens que s'ils veulent l'être. Or ce n'était pas le cas de ma mère.

— Qu'est-il arrivé ? murmura-t-elle.

Il prit sur une table une petite boîte incrustée de pierres précieuses et la regarda d'un air absent avant de la reposer.

— Chacun au palais s'accommodait le mieux possible de ses extravagances et le temps passait. Ce qui a fini par arriver je n'en ai pas été témoin, on me l'a raconté.

Elle traversait une crise plus grave que d'habitude. Elle refusait de quitter sa chambre quoi qu'on fasse pour l'y inciter. À cette époque mon père avait renoncé à toutes ses maîtresses et il tentait de se racheter mais c'était trop tard. Haydar est allé la voir pour lui montrer un morceau de bois qu'il avait sculpté pour elle en forme de perroquet, comme ceux qui volent dans les jardins du palais. Et c'est ce jour-là qu'il l'a trouvée…

La voix de Kulal se brisa.

— Kulal ?

— Elle était morte.

Il était très pâle, et elle hésita. Peut-être vaudrait-il mieux en rester là… Mais elle avait le sentiment qu'il refoulait ces souvenirs depuis toujours et qu'ils s'étaient envenimés comme une blessure mal soignée. Aller jusqu'au bout de son récit, même si c'était douloureux, ne pouvait-il pas l'aider à se libérer de certains de ses démons ?

— Comment est-elle morte ?

Il leva les yeux vers elle. Ils avaient perdu leur éclat et leur regard était vide.

— Elle s'était ouvert les veines. Et avait gribouillé le nom de notre père sur les murs avec son sang. C'est comme ça que Haydar l'a trouvée.

Un silence de plomb s'abattit sur la pièce. Hannah posa les doigts sur ses lèvres tremblantes et elle dut attendre plusieurs minutes avant de pouvoir murmurer d'une voix étranglée :

— Oh ! Kulal, je suis désolée.

— Bien sûr que tu es désolée, répliqua-t-il d'un ton glacial. Nous étions tous désolés. Le remords a rendu mon père à moitié fou, et mon frère a failli ne pas s'en remettre. C'est pour cette raison qu'il a quitté le Zahristan dès le jour de ses dix-huit ans et qu'il a renoncé au trône. Ce qui m'a obligé à prendre sa place, bien que je sois le cadet et que je n'aie jamais eu envie de régner. Ça fait presque dix-sept ans qu'il est parti et il n'a jamais remis les pieds au Zahristan. Si les informations disponibles sont incomplètes, c'est parce que le palais a réussi — je ne sais pas exactement comment — à étouffer l'affaire. Mais il est vrai qu'à l'époque le contrôle des médias était plus facile. Comprends-tu à présent ce qui a fait de moi l'homme que je suis, Hannah ?

— Oui, répondit-elle d'une voix tremblante.

— Comprends-tu pourquoi je ne veux pas entendre parler d'amour ? Pour moi il est étroitement lié à l'égocentrisme. Les gens l'utilisent souvent pour justifier un comportement qui n'a rien à voir avec les sentiments. Si tu peux accepter que je ne t'aimerai jamais et que je ne veux pas être aimé par toi, je suis prêt à faire tout mon possible pour que notre mariage fonctionne.

Kulal fit une pause avant d'ajouter avec l'esquisse d'un sourire :

— Un mariage qui s'est révélé étonnamment supportable vu qu'il est difficile de trouver un couple plus mal assorti que nous.

Il ne fallait pas se sentir offensée, se dit-elle. Son intention n'était pas de la blesser. Il énonçait simplement des faits.

— Et si je ne peux pas l'accepter ?

Il plongea son regard dans le sien, le visage de nouveau dur.

— Alors nous avons un problème.

Ils avaient de toute façon un problème, songea-t-elle. Après ce qu'il venait de lui raconter, elle aurait voulu le prendre dans ses bras et lui caresser les cheveux pour le réconforter, comme elle l'avait fait si souvent avec Tamsyn autrefois. Mais il ne voulait pas qu'elle le réconforte. Il refusait toute marque d'affection… Une question s'imposa brusquement à elle. Allait-elle devoir réprimer tout geste de tendresse quand ils feraient l'amour, de crainte qu'il y voie le signe d'un amour dont il ne voulait pas ? Allait-elle être obligée de marcher sur des œufs à tout instant pour éviter qu'il interprète de travers le moindre de ses gestes ? Était-elle capable de vivre comme ça ?

Se détournant de lui elle alla ouvrir les stores et la lumière du soleil inonda la pièce. Pourtant, l'atmosphère restait froide et pesante… Et aujourd'hui, au lieu de l'enchanter, la beauté de la roseraie sur laquelle donnait sa chambre lui serrait le cœur. Souvent, elle s'y asseyait à l'ombre l'après-midi pour lire en savourant le calme qui y régnait. À présent elle n'imaginait pas pouvoir le refaire un jour. Les révélations de Kulal avaient tout changé. Il lui avait ouvert les yeux, et elle ne pouvait plus se bercer d'illusions.

Tout le problème était là. Avant, elle pouvait se laisser aller à espérer qu'un jour peut-être son mari et elle tisseraient des liens plus étroits. Il lui arrivait même de rêver secrètement qu'un jour ils seraient unis par l'amour. Désormais il n'y avait plus d'espoir. Kulal ne l'aimerait jamais. Et comment le blâmer quand sa mère ne leur avait jamais donné d'amour à son frère et à lui ? Quand elle avait caricaturé ce lien affectif en se sacrifiant sur l'autel de ses rêves brisés ?

— Je ne sais pas, dit-elle d'une voix rauque. Je ne sais pas si je peux vivre comme ça, Kulal.

— Merci pour ton honnêteté.

— Et si je ne peux pas, essaieras-tu de m'empêcher d'élever notre enfant toute seule ?

Kulal crispa les poings. Si elle lui avait posé cette question quelques semaines plutôt, il aurait répondu un oui catégorique. Il n'aurait pas hésité à user de son pouvoir pour l'exclure le plus possible de la vie de leur enfant, afin que celui-ci grandisse au Zahristan et pas en Occident. Mais c'était avant qu'il apprenne à mieux la connaître. Avant qu'il acquière la conviction qu'elle serait une bonne mère. Et que la séparer de son enfant serait une erreur impardonnable. Mais comment accepter l'inverse ? Il ne pouvait pas envisager qu'elle emmène leur enfant en Angleterre et le prive de son héritage royal.

— Je ne sais pas, répondit-il d'un ton vif. De toute évidence, la meilleure solution serait que tu restes ici. Je t'ai promis d'être fidèle et tu sais à présent pour quelle raison je ne romprai pas cette promesse. Si tu parviens à accepter un mariage fondé sur l'amitié et le respect, en plus de notre entente sexuelle exceptionnelle, il me semble que nous pourrions avoir une vie très agréable.

Il ne lui offrait ni la lune ni les étoiles, mais au moins il était honnête. N'était-ce pas suffisant ? Hannah s'humecta les lèvres. Elle n'en savait rien. Mais si elle ne parvenait pas à se contenter de ce qu'il lui offrait, elle se condamnerait à une vie beaucoup plus compliquée. Qu'elle infligerait également à son bébé et à Kulal. Or ce dernier n'avait-il pas déjà assez souffert ? Pouvait-elle envisager de le priver de son enfant, même partiellement ? L'enjeu était trop important pour tout le monde pour qu'elle réponde à la légère à sa question. Il fallait qu'elle prenne le temps de réfléchir.

— J'ai besoin de temps pour réfléchir.

— Combien de temps ?

Elle soutint le regard de Kulal, et pour la première fois depuis qu'elle le connaissait, elle se sentit réellement son égale. Comme si tout ce qui s'était passé lui avait donné de l'assurance.

— Le temps qu'il faudra.

Il secoua la tête.

— Non. Tu es enceinte, Hannah. Il nous faut un délai précis.

— Une semaine, c'est raisonnable ?

— Ça dépend. Tu dois comprendre que je suis réticent à te laisser partir en Angleterre.

— Tu as peur que je ne revienne pas ?

— Tu crois que je te laisserai t'enfuir ?

Hannah réprima un soupir. C'était insensé mais elle n'avait aucune envie de rentrer en Angleterre pour réfléchir. Elle n'y avait pas d'attaches particulières, à part une petite sœur rebelle, qui semblait avoir disparu totalement des écrans radars depuis le soir du mariage… Elle n'avait même plus de toit en Angleterre.

— Non. Je veux du calme. J'aimerais aller dans ton palais d'été.

— Seule ?

— N'est-ce pas le principe ?

Kulal la considéra pendant un long moment avant de hocher la tête.

— D'accord.

C'était sans doute une sorte de victoire, mais elle n'arrivait pas à se réjouir, constata-t-elle. Kulal semblait si distant… Comme s'il commençait déjà à se détacher d'elle. Peut-être était-ce lui qui allait prendre la décision pour tous les deux. Et si pendant ces quelques jours de séparation il prenait conscience qu'en fin de compte il ne voulait pas rester marié ? Rien ne l'empêcherait d'user de son pouvoir pour s'assurer la garde de l'enfant et reprendre sa vie de célibataire. Et ce serait elle qui l'y aurait poussé en insistant pour avoir un délai de réflexion… Mais il était trop tard pour changer d'avis.

Le cœur serré, Hannah regarda Kulal quitter la pièce sans un regard en arrière.

12.

Il régnait un calme bienfaisant au bord de la mer de Murja. Le ciel était d'une luminosité extraordinaire, et le clapotis des vagues qui léchaient le sable était hypnotique. Chaque matin, Hannah tirait les rideaux blancs et ouvrait les volets pour regarder la mer qui scintillait sous les rayons du soleil. Elle restait un moment à la fenêtre, admirant la beauté du paysage et respirant l'air marin.

Accompagnée de trois gardes du corps de sexe féminin, d'une sage-femme et d'une gynécologue, Hannah n'avait emmené que deux employées de maison. Kulal voulait envoyer au palais d'été un contingent beaucoup plus nombreux incluant un chef, mais elle était restée ferme. Elle ne voulait pas d'une armée de domestiques comme au palais. Elle avait envie de séjourner dans un lieu qui semble aussi normal que possible pour pouvoir se promener comme bon lui semblait sans les contraintes du protocole. Parce qu'elle était venue là pour décider de son avenir, et le choix qui s'offrait à elle n'avait rien d'exaltant.

Vivre avec un homme qui ne pourrait jamais l'aimer.

Ou vivre sans lui.

Imaginer sa vie si elle rentrait en Angleterre se révélait plus difficile qu'elle ne l'aurait cru. Elle ne se souvenait déjà pratiquement plus de la vie qu'elle y avait menée. C'était comme un pays où elle serait allée en voyage plusieurs années auparavant et dont le souvenir s'estompait peu à peu. Le Zahristan, où elle se sentait déjà chez elle malgré les doutes qui planaient sur son avenir, lui était déjà beaucoup plus familier.

Et elle appréciait particulièrement ce palais, à vrai dire. Tous les matins elle nageait dans la piscine à débordement, et le soir, quand la température commençait à baisser, elle explorait les jardins tropicaux que Kulal avait créés tout autour. Cependant, elle avait l'impression bizarre d'être observée en permanence. Pourtant ses gardes du corps étaient d'une discrétion exemplaire et se tenaient toujours à une distance respectueuse. Elle se raisonnait en se disant que c'était de la paranoïa pure et simple. Qui serait capable de mettre en défaut le système de sécurité sophistiqué qui faisait de ce palais une véritable forteresse ?

Incapable de se concentrer pendant très longtemps, Hannah laissait vagabonder son esprit, régulièrement assailli par le visage sublime de Kulal avec son nez aquilin et ses yeux de jais au regard brûlant ou glacial selon son humeur. Il rejetait l'amour et il pouvait être d'une arrogance insupportable, mais il avait également nombre de qualités. Sa force de caractère, sa détermination à se conduire honorablement, même s'il était obligé pour cela de faire le contraire de ce dont il avait envie. Son honnêteté. Son courage. Et parfois il fallait se fier à son instinct, or le sien lui disait qu'il serait un père aimant malgré son rejet de l'amour conjugal.

Tout cela était-il suffisant ?

Ne fallait-il pas partir du principe que ça l'était ?

Dans la journée les pensées tourbillonnaient dans son esprit, et la nuit le sommeil se dérobait. Malgré la brise de mer qui rafraîchissait le palais le soir, elle se tournait et se retournait dans son lit en proie à une frustration qui dépassait tout ce qu'elle aurait pu imaginer. Son mari lui manquait terriblement. Parce que c'était la nuit que les souvenirs devenaient envahissants. Les bras de Kulal autour d'elle. La bouche de Kulal dévorant la sienne. Les doigts de Kulal sur sa peau. Ses mains sur ses seins. Sa virilité triomphante au plus profond d'elle…

La cinquième nuit, elle se réveilla à l'aube au milieu d'un rêve confus et se redressa d'un bond dans le lit, en sueur. S'essuyant le front du dos de la main, elle promena son regard sur la chambre, le cœur battant à tout rompre. Elle avait laissé les volets ouverts et l'aube blanchissait imperceptiblement les voilages. Elle tressaillit. Avait-elle vraiment entendu un bruit ? Ou bien était-ce son imagination qui lui jouait des tours ? Et cette ombre devant la fenêtre ? Non, plus rien… Elle écarta une boucle humide de sa joue, tandis que les questions qui la hantaient depuis des jours reprenaient leur ronde infernale.

Était-il possible d'arrêter d'aimer Kulal, ou bien ne fallait-il pas y compter ? Pour la première fois de sa vie elle se trouvait face à un problème sans solution réelle. C'était très déstabilisant… Après avoir cherché en vain le sommeil pendant de longues minutes, elle finit par renoncer. Elle se leva, s'aspergea le visage d'eau fraîche et enfila des vêtements. Par la fenêtre elle vit l'horizon qui se teintait de rose orangé. Une idée surgit dans son esprit. Et si elle sortait contempler le lever du soleil sur le désert ? Elle n'en avait pas encore eu l'occasion depuis son arrivée. Kulal ne lui avait-il pas souvent dit que c'était la meilleure heure ? Celle où il aimait monter son étalon dans le silence du désert uniquement troublé par le martèlement des sabots de Baasif ?

Après avoir griffonné un mot indiquant où elle allait, elle le glissa sous la porte de ses gardes du corps, puis elle quitta le palais. Grisée par un délicieux sentiment de liberté, elle partit dans le désert sous la caresse de la brise de mer. Le feu d'artifice de l'aube striait le ciel de jaune, d'or et de pourpre. Un spectacle fabuleux qu'elle aurait manqué si elle ne s'était pas réveillée tôt, songeat-elle en prenant soin de marcher toujours tout droit sans trop s'éloigner des jardins. Le désert était splendide mais dangereux. Il ne fallait pas prendre le risque de se perdre.

Malgré cette bonne résolution, elle s'aperçut au bout d'un moment qu'elle ne voyait plus le palais. Son estomac se noua. Pas de panique, se dit-elle aussitôt. Il suffisait de suivre les traces de ses pas en sens inverse pour regagner son point de départ. Elle jeta un coup d'œil à sa montre et écarquilla les yeux. Était-elle vraiment partie depuis aussi longtemps ? Hâtant le pas, elle suivit les empreintes de ses pieds dans le sable, mais au bout d'un moment celles-ci s'estompèrent puis disparurent complètement. La brise de mer devait souffler plus fort qu'elle n'en avait l'impression… Il ne restait aucune trace de son passage. Et elle n'avait même pas emporté une bouteille d'eau ! Parce qu'elle n'avait pas prévu de s'attarder…

Elle s'exhorta au calme. N'était-on pas censé éviter de parcourir des kilomètres dans ce genre de situation ? Ne valait-il pas mieux rester sur place sans bouger ? Et n'y avait-il pas un moyen de se repérer en fonction de la position du soleil ? Elle leva les yeux vers le ciel et son cœur fit un bond dans sa poitrine. Était-ce un vautour qui décrivait un cercle au-dessus d'elle ? Et la température commençait à grimper… Un frisson la parcourut. Elle s'était rarement sentie aussi minuscule et aussi seule…

La panique commençait à la gagner quand un roulement de tonnerre rompit le silence. Le tonnerre ? Non, un martèlement de sabots ! Elle promena son regard autour d'elle. Un grand cheval noir galopait dans sa direction, soulevant des nuages de poussière. Et son cavalier… Comment ne pas le reconnaître ? Allure majestueuse, cheveux noirs… Et visage superbe altéré par une colère noire, constata-t-elle à l'approche du cheval. À peine sa monture immobilisée, Kulal sauta à terre et se précipita vers elle. Il la saisit par les poignets comme s'il craignait qu'elle tombe, puis il scruta son visage d'un regard anxieux.

— Par la lune du désert, j'espère que tu n'as rien !

— Non, je vais bien.

— Tu vas bien ? Tu es complètement folle, oui ! Hannah, qu'est-ce qui t'a pris ? Où as-tu la tête ?

— Je n'arrivais pas à dormir. J'ai eu envie de voir le lever du soleil sur le désert.

— Et tes gardes du corps ? Où sont-elles ?

Elle eut un haussement d'épaules contrit.

— Hier soir je leur ai dit que j'avais l'intention de faire la grasse matinée et que je ne voulais pas être dérangée. Mais avant de partir je leur ai laissé un mot.

Kulal jura dans sa langue maternelle.

— Qu'est-ce qui t'a pris de partir te promener dans le désert toute seule ?

— Je viens de te le dire. Je voulais voir le lever du soleil.

— Tu ne sais pas que le désert peut être terriblement dangereux ?

Libérant ses poignets, elle sortit son portable d'une des poches de sa robe et le brandit d'un air triomphant.

— J'avais pris mes précautions !

Il secoua la tête.

— Tu crois que ça te serait d'une quelconque utilité contre la morsure d'un serpent à sonnette ou la piqûre d'un scorpion ?

La colère — l'angoisse — de Kulal n'avait rien à voir avec les dangers spécifiques du désert, comprit-elle tout à coup. Mais il n'avait tout de même pas eu peur que… ;? Il fallait dissiper tout malentendu. Si elle ne mettait pas les choses au clair, un doute horrible hanterait son mari pour toujours.

— Kulal, qu'as-tu pensé que j'étais en train de faire ?

Kulal réprima un soupir. À en juger par son regard pénétrant, Hannah avait une idée très précise de ce qu'il avait pensé… Inutile donc de formuler les craintes qui avaient failli le rendre fou.

— Rien.

— Comment ça, *rien ?* Tu as cru que j'étais incapable d'affronter les incertitudes de l'avenir et que j'avais choisi la solution de facilité ? Tu as cru que j'avais décidé de me perdre dans le désert pour en finir avec la vie, c'est ça ?

Il secoua la tête sans conviction.

— Je ne savais pas quoi penser.

— Oh ! si. Tu m'as crue capable du pire parce que tu t'es laissé influencer par ton passé. Mais je ne suis pas ta mère, Kulal. Et je ne le serai jamais. Je ne mettrai jamais volontairement ma vie en péril, et encore moins celle de l'enfant que je porte. Jamais, tu entends ? Que faut-il que je fasse pour t'en convaincre ?

Hannah prit une profonde inspiration.

— Je pense que tu devrais arrêter d'en vouloir à ta mère, poursuivit-elle. Elle n'était pas coupable, tu sais. Elle était malade. Très malade. À une époque où les troubles psychiatriques étaient moins bien soignés qu'aujourd'hui et où on avait tendance à les cacher parce qu'ils étaient considérés comme des maladies honteuses. Dans la même situation aujourd'hui, ta mère bénéficierait d'un traitement approprié. Et elle serait peut-être ici, en train d'attendre la naissance de son premier petit-fils ou de sa première petite-fille.

— Hannah…

— Non. Je n'ai pas terminé, Kulal.

Hannah secoua la tête et fit une longue pause avant de murmurer :

— Il faut que tu lui pardonnes. Que tu la laisses reposer en paix. Parce que sans ça tu ne trouveras jamais la paix toi-même.

Kulal plongea son regard dans celui de Hannah et, pour une fois, il ne choisit pas d'ignorer l'émotion qui se lisait dans les yeux aigue-marine. Il regarda en face la souffrance et la consternation qui avaient remplacé l'espoir qui les faisait briller autrefois. Alors il comprit. En cherchant à se protéger à tout prix, il avait risqué de tout perdre et de causer encore davantage de souffrance. Il avait proposé à Hannah une vie sans amour. Dans son arrogance, il avait attendu d'elle qu'elle accepte les quelques miettes qu'il était prêt à lui accorder. Pire encore, il avait fait preuve à son égard d'une suspicion totalement infondée.

N'importe quelle femme dans sa situation ne choisirait-elle pas de ne plus jamais rien avoir affaire avec lui ? Était-il trop tard pour se racheter ?

Pris d'une impulsion, il la souleva de terre pour la déposer sur la selle et monta d'un bond derrière elle. Glissant un bras autour de sa taille il posa une main sur son ventre et de l'autre saisit les rênes. Elle finit par retrouver sa voix :

— Kulal ! Qu'est-ce que… ;?

Mais ses protestations se perdirent dans le vent du désert tandis que Kulal lançait son cheval au petit galop avec l'adresse d'un homme qui avait commencé à monter dès qu'il avait su marcher. À travers les plis de sa robe en coton il sentait la chaleur de son corps et le moelleux de ses courbes. La gorge sèche, il déglutit péniblement en repensant à l'enfer qu'il venait de vivre sans elle pendant huit jours. Et soudain, il eut peur. Terriblement peur. Était-il trop tard ? L'avait-il perdue à cause de son arrogance et de sa stupidité ? Il la sentit se détendre lorsqu'une grande tente apparut et que le cheval ralentit avant de s'arrêter. Il sauta à terre et la souleva de la selle pour la poser sur ses pieds. Elle darda sur lui un regard noir.

— Où sommes-nous ?

— Pas loin du palais.

Elle plissa les yeux.

— Qu'est-ce que ça signifie ?

— Si tu venais sous la tente où nous pourrons discuter à l'abri de la chaleur ?

— Dit l'araignée à la mouche !

— Et où je pourrai t'offrir un rafraîchissement.

Le regard de Hannah s'éclaira, mais elle répondit d'un ton brusque :

— D'accord.

Une fois sous la tente il prit son temps pour servir deux verres de sirop de canneberge et d'hibiscus, conservé au frais dans un pichet en terre. S'il lui laissait le loisir de se détendre et d'apprécier le décor raffiné de cette tente bédouine traditionnelle avec ses coussins et tapis moelleux, ses tentures et ses lanternes en métal ajouré, elle se montrerait peut-être un peu plus indulgente envers lui ? se dit-il en lui tendant un gobelet en argent. Elle le but presque entièrement, le posa sur une table basse d'un geste vif, puis elle le foudroya du regard. Jamais il n'avait vu ses yeux aigue-marine lancer autant d'étincelles.

— Comment savais-tu où me trouver ?

Il réprima une moue de dérision. Pour l'indulgence, c'était raté. Et aucune gratitude non plus pour avoir volé au secours de la reine égarée. Elle allait droit au but.

— J'ai campé ici toute la semaine, reconnut-il. Je suis venu avec des domestiques qui sont installés dans un campement voisin et qui sont chargés de veiller sur toi jour et nuit. Ils m'ont tenu informé en permanence de tes mouvements.

Elle plissa le front.

— Ça expliquerait pourquoi j'ai eu l'impression de voir passer une ombre devant ma fenêtre ce matin à l'aube…

— Oui.

— Mais je suis venue avec mes propres gardes du corps, Kulal.

— Je sais. Mais ceux-ci sont des Bédouins qui connaissent ce désert mieux que personne. Ils sont capables de remarquer des détails qui risquent d'échapper aux gardes du corps de la ville. Même les mieux entraînés.

Hannah pâlit.

— Tu les as chargés de m'espionner ? Parce que tu n'as pas confiance en moi ?

— Je ne les ai pas chargés de t'espionner mais de veiller sur toi. Et vu ce qui vient de se passer, n'ai-je pas eu raison ?

— Reconnais qu'en réalité c'est ton bébé que tu veux protéger.

— Et toi aussi. Te protéger est d'une importance capitale pour moi, Hannah. Parce que je t'aime.

Elle baissa vivement la tête et la secoua.

— N'essaie pas de me manipuler en me disant des choses que tu ne penses pas.

— Je les pense sincèrement, Hannah.

Pour la première fois de sa vie, Kulal était capable d'éprouver et d'exprimer des sentiments qu'il croyait à jamais bannis de sa vie. Jusque-là il avait toujours associé les sentiments à la souffrance et à la perte. Aujourd'hui, tout avait changé. Et s'il voulait garder Hannah, il fallait la convaincre de sa sincérité. Ce qu'il éprouvait pour elle était si nouveau pour lui qu'au début il n'en avait même pas eu conscience. Ensuite, quand il avait compris ce qui lui arrivait, il avait été terrorisé. Mais, aujourd'hui, il n'avait plus peur. Bien au contraire.

— Je n'ai jamais été aussi sincère, Hannah. Je t'aime.

— Arrête de me mentir !

— Je ne te mens pas. Je n'ai jamais rencontré une femme comme toi, Hannah.

— Encore un mensonge ! Tu vis depuis toujours entouré de domestiques. Et c'est exactement ce que je suis.

Il sentit son estomac se nouer. Comment la convaincre qu'il disait vrai ? Qu'il l'aimait vraiment ? Pourvu qu'il ne soit pas trop tard… Pourvu qu'elle l'aime encore…

— Il ne s'agit pas de ton travail, Hannah. Je parle de ton cœur. Un cœur immense. Tu es la femme la plus sensible et la plus généreuse que je connaisse. Et aussi la plus loyale et la plus honnête. Tu l'as prouvé quand tu as tenu à m'informer en priorité de ta grossesse, alors que tu aurais pu facilement vendre la nouvelle aux médias. Ensuite tu as choisi la meilleure solution pour le bébé en acceptant de m'épouser. Enfin, tu as fait en sorte de devenir la meilleure épouse possible. Et moi, j'ai été odieux avec toi.

— Ça, c'est vrai, murmura-t-elle d'une voix tremblante en relevant la tête. Tu as été odieux.

— J'en suis conscient et je le regrette amèrement. Mais il faut que tu me croies quand je te dis que je t'aime. Parce que c'est vrai, Hannah. Accorde-moi une chance de te prouver que je peux être le mari que tu mérites. Ainsi qu'un père digne de ce nom. Et un amant qui ne se lassera jamais de te donner du plaisir. Tu veux bien me donner cette chance de te prouver que je t'aime ?

Hannah avait la gorge tellement nouée qu'elle dut attendre un long moment avant de répondre :

— Oui, j'accepte de te donner cette chance. Avec joie. Parce que je t'aime, Kulal.

Épilogue

— Je n’arrive toujours pas à croire que tu ne me l’aies pas dit plus tôt.

Kulal, qui regardait le soleil s’engloutir lentement dans la mer de Murja, accoudé à la balustrade, se retourna. Le soleil couchant offrait un spectacle éblouissant, mais il ne soutenait pas la comparaison avec la beauté sublime de sa femme.

— Pas dit quoi ? demanda-t-il en rejoignant Hannah sur la balancelle qu’elle avait fait installer sur la terrasse de leur palais d’été.

En réalité, il connaissait déjà la réponse à sa question.

— Que la loi interdit aux filles d’hériter de la couronne du Zahristan.

Il prit la main de Hannah en souriant.

— Est-ce que ça aurait pesé dans ta décision de m’épouser ? Si tu l’avais su, aurais-tu insisté pour attendre la naissance de notre premier enfant afin de savoir si c’était un garçon ou une fille ?

Hannah lui rendit son sourire.

— Bien sûr que non. Mais, à l’époque, je pensais que si tu voulais m’épouser c’était avant tout pour avoir un héritier.

— Moi aussi, reconnut-il en portant sa main à ses lèvres. Mais il y avait déjà quelque chose de très fort entre nous. J’étais juste trop lâche pour le reconnaître.

— Plus maintenant ? plaisanta-t-elle, les yeux pétillants de malice.

— Non, plus maintenant.

— Et tu es sûr que tu ne veux pas qu'on essaie de faire un garçon ? Parce que moi je suis tout à fait prête.

— Non, mon amour. Quatre enfants, ça suffit largement.

— Mais…

— Je suis comblé avec mes quatre filles, insista-t-il en passant un bras autour de ses épaules. Et je n'ai pas l'intention de mettre ta vie en danger pour une couronne.

Hannah hocha la tête. Il s'était passé beaucoup de choses depuis leur mariage. Ces trois années avaient été riches en joie et en peur. Mais c'était la vie. Ils avaient affronté la peur ensemble et partagé la joie, le cœur en fête. C'était après la naissance de leur première fille que Kulal lui avait expliqué que seul un garçon pouvait hériter du trône. Ils voulaient d'autres enfants de toute façon, mais tout s'était précipité. La naissance de triplées les avait comblés, sauf qu'elle avait failli mourir pendant l'accouchement. Kulal lui avait ensuite demandé solennellement de bien vouloir accepter pour le bien de leurs enfants — et pour le leur — que leur famille était désormais au complet.

— Mais qui va hériter du trône ? avait-elle demandé.

Il avait eu un haussement d'épaules désinvolte qui l'avait convaincue qu'il s'en moquait réellement.

— Il reviendra à mon cousin, qui est quelqu'un de très bien. Sauf si mon frère engendre un héritier de son côté, bien sûr. Mais ça paraît peu probable.

Elle avait enfin fait la connaissance de Haydar. Le faux jumeau de son mari avait fini par revenir au Zahristan pour assister aux festivités organisées pour la naissance des triplées. C'était un homme charismatique mais très réservé. Elle avait eu envie de le serrer affectueusement dans ses bras mais elle n'avait pas osé. Elle s'était demandé si le présenter à une femme sympathique pourrait l'aider à devenir un peu plus communicatif, mais elle n'avait pas osé non plus. Intervenir dans la vie des gens n'était pas forcément une bonne idée. D'ailleurs, elle avait renoncé à se mêler de la vie de sa sœur. Kulal lui avait suggéré gentiment qu'il était peut-être temps de la laisser voler de ses propres ailes, et elle avait suivi son conseil.

De son côté, il avait changé radicalement d'attitude par rapport à la mort de sa mère. Il lui avait confié qu'il avait beaucoup réfléchi à ce qu'elle lui avait dit et qu'il avait pris conscience qu'elle avait raison. Il avait décidé d'accorder une interview exclusive à l'*Ashkhazar Times* pour reconnaître officiellement pour la première fois le suicide de sa mère et plaider en faveur d'une plus grande ouverture d'esprit vis-à-vis des troubles psychiatriques. L'article était devenu viral, et plusieurs organismes internationaux avaient loué son honnêteté. Reconnaître le problème lui avait permis de faire la paix avec sa mère et avec lui-même, comme elle l'avait prédit.

Elle sentit son regard sur elle et son cœur s'affola comme au premier jour.

— Tu avais un air nostalgique à l'instant, commenta-t-il.

— Vraiment ? Je pensais à tout ce qui nous avait conduits là où nous sommes aujourd'hui.

— Et quelle est ta conclusion ?

— Ma conclusion, c'est que je n'ai jamais été aussi heureuse et que je ne voudrais pour rien au monde d'une autre vie. Par moments, je dois me pincer pour vérifier que je ne rêve pas.

— Te pincer ? J'ai en tête un moyen beaucoup plus agréable de faire ce genre de vérification, murmura-t-il en se penchant vers elle. Tu veux que je te montre ?

— Je veux bien…

Vous avez aimé *Au service d'un cheikh* ?
Découvrez l'histoire de la sœur de notre héroïne,
dès le mois prochain dans votre collection Azur.
Un roman signé Sharon Kendrick.

Retrouvez en septembre 2019,
dans votre collection

Azur

La captive de Santara, de Michelle Conder - N°4125

LES PRINCES DU DÉSERT

Persuadé que la belle Regan détient des informations sur sa sœur disparue, le cheikh Jaeger al-Hadrid, roi de Santara, la retient captive en son palais. S'il ne s'attend pas à une totale coopération de la part de la jeune femme, il est furieux de constater que Regan tente de s'évader. Mais il y a pire encore : les médias les imaginent amants ! Et pour étouffer ce vent de scandale, Jaeger n'a d'autre choix que d'épouser sa prisonnière !

L'amant d'une vie, de Rachael Thomas - N°4126

Cinq mois plus tôt, Imogen a vécu une délicieuse aventure avec Marco, sur une île tropicale. Loin du monde et de leurs responsabilités, tous deux ont partagé des moments heureux – et éphémères. Alors qu'ils n'auraient jamais dû se revoir, Imogen s'est découverte enceinte et a décidé de retrouver son merveilleux amant. Mais revoir Marco l'effraie, car elle ignore comment il réagira à l'annonce de sa paternité. En effet, il ne lui a jamais rien promis d'autre que du plaisir…

Le destin de Rose, de Cathy Williams - N°4127

Rose adore son village natal. Pas question pour elle de le laisser aux griffes d'un promoteur immobilier sans scrupules, qui n'hésitera pas à dévaster cette région rurale, dans le seul but d'y faire des bénéfices. Alors que Rose use de son expertise d'avocate pour le faire échouer, Arturo da Costa se révèle un adversaire redoutable. Déterminé, il bénéficie du pouvoir qu'offrent l'argent… et la séduction !

Une héritière si troublante, de Lynne Graham - N°4128

C'est l'envie de prendre un nouveau départ qui pousse Isla à s'évader dans la villa sicilienne dont elle vient d'hériter. Quelle n'est pas sa surprise d'y trouver Alissandru Rossetti, le milliardaire impitoyable qui l'a séduite pour mieux la manipuler. S'il affirme vouloir lui ravir son héritage, il veut surtout faire d'elle sa maîtresse ! Et cette seule idée a de quoi la faire frémir tout entière...

Mon indomptable épouse, de Caitlin Crews - N°4129

MARIAGE ARRANGÉ

Elle est mienne... Mais sa fragile innocence ne risque-t-elle pas de me faire perdre la raison ? Jamais je n'ai désiré une femme aussi fort qu'Imogen Fitzalan. Je ne l'ai pourtant épousée que pour asseoir mon empire, alors pourquoi notre mariage de convenance ne me suffit-il pas ? Cette soif en moi me dévore. Je le sais à présent : je ne pourrai me satisfaire de son obéissance, de sa soumission de jeune femme bien éduquée. Je veux qu'Imogen m'appartienne tout entière – corps et âme...

Noces romaines, d'Annie West - N°4130

Enceinte, anonyme et seule... Depuis qu'elle s'est réveillée dans un hôpital de Rome, elle cherche dans sa mémoire des bribes de son passé, qui pourraient la sortir de son amnésie si angoissante. Aussi, quand un certain Pietro Agosti se présente à elle pour lui révéler qu'elle se prénomme Molly, se sent-elle infiniment soulagée. Jusqu'à ce que cet homme dont elle n'a aucun souvenir se prétende son mari. Pourquoi, dans ce cas, se sent-elle en danger à son côté ?

Le protecteur d'Arianna, de Chantelle Shaw - N°4131

Une nouvelle fois, Arianna fait la une de la presse à scandale, à son grand désarroi. Elle a pourtant bien changé, depuis ses années de rébellion, où elle défiait sa famille en défrayant la chronique. Alors qu'elle n'aspire qu'à mener une vie normale – si tant est que cela fût possible pour une riche héritière –, voilà que son père lui assigne un nouveau garde du corps ! Un homme insupportable, nommé Santino Vasari, qui ne se donne même pas la peine de lui cacher le mépris qu'elle lui inspire...

Passion au haras, de Maisey Yates - N°4132

SÉRIE : *INNOCENTES PASSIONS* - 1/2

Camilla est désespérée le jour où le haras Alvarez, joyau de sa famille, tombe entre les mains de Matías Navarro. Incapable d'abandonner ses chevaux qui sont toute sa vie, elle se déguise en garçon d'écurie et se fait embaucher par Matías. Hélas, celui-ci ne tarde pas à découvrir la supercherie, et exige alors de Camilla qu'elle joue un nouveau rôle dans le haras et dans son existence – celui de son épouse !

Envoûtante proximité, de Melanie Milburne - N°4133

SÉRIE : *D'AMOUR ET DE HAINE* - 2/2

Sabrina est ravie de se trouver à Venise, où elle va présenter ses créations de mode lors d'un célèbre salon du mariage. Cette escapade dans la cité des doges lui permet en outre d'échapper à la grisaille londonienne, et surtout à Max Firbank. Du moins le croit-elle, car son ennemi de toujours débarque soudain dans l'hôtel où elle va séjourner. Et l'établissement affichant complet, ils découvrent qu'ils vont devoir faire chambre commune. Une situation d'autant plus impensable que tous deux ont échangé un baiser trois semaines plus tôt. Aussi torride qu'inoubliable…

Odieux et attirant, de Sharon Kendrick - N°4134

C'était lui… Tamsyn retient son souffle, tandis qu'elle reconnaît Xan Constantinides, parmi les invités au mariage de sa sœur. Ce magnat de l'immobilier richissime, a récemment été proclamé plus beau parti de Grèce. Or, si ce titre et son charisme lui valent l'admiration de tous, Tamsyn n'a pas l'intention de se laisser impressionner. En effet, elle voue une haine farouche à cet homme odieux depuis que, par sa faute, elle a été renvoyée…

La mariée d'une seule nuit, de Carol Marinelli - N°4135

Alors qu'elle s'avance vers l'autel où l'attend Niklas Dos Santos, Meg sent un bonheur intense et un envoûtant parfum de liberté l'envahir. Oui, c'est bien elle, la si sage Meg, qui s'apprête à épouser ce bel inconnu ! Certes, ils n'ont partagé qu'une journée, faite de passion brûlante et de confidences murmurées… Mais ces instants ont été si merveilleux qu'elle est sûre qu'un lien puissant et indestructible l'unit à Niklas. Hélas, au petit matin, celui-ci la rejette violemment. Et Meg doit, dès lors, se rendre à l'évidence : l'homme dont elle vient de tomber éperdument amoureuse ne compte rien lui offrir d'autre que ce mariage d'une seule nuit…

Composé et édité par HarperCollins France.

Achevé d'imprimer en juillet 2019.

BLACK PRINT

Barcelone

Dépôt légal : août 2019.

MIXTE
Papier issu de sources responsables
FSC® C108412

Pour limiter l'empreinte environnementale de ses livres, HarperCollins France s'engage à n'utiliser que du papier fabriqué à partir de bois provenant de forêts gérées durablement et de manière responsable.

Imprimé en Espagne.